メディアワークス文庫

Missing11
座敷童の物語〈下〉

甲田学人

目　次

いつだったかの事。

「……そういや武巳《たけみ》さあ、お前って結構田舎の生まれだ、つってたよな？」

寮の自室の机で、武巳が英語の授業で出た課題を前にして唸《うな》りながら取り組んでいると、対照的にベッドに寝転がって音楽を聴いていた同室の沖本《おきもと》が、不意にイヤホンを外して、そんな質問をした。

「え？　まあそうだけど……何だいきなり？」

「いや、俺も地元が田舎でさあ、地元の話になると、奈々美《ななみ》と話が合わねえのよ。あいつバリバリの都会出身だから」

課題に集中できていなかったので、つい振り返って応じてしまった武巳。だが返って来たのは沖本が時々空気を読まずにやるカノジョ話で、武巳は「聞いて損した」と、あからさまに顔を顰《しか》めた。

「惚気《のろけ》？　愚痴？　どっちでもおれには何の得も無いんだけど」

「その課題手伝ってやるよ」

「どんな話でも聞くよ。親友だろ」

手のひらを返し、椅子を沖本に向ける武巳。

沖本は当然の顔でベッドの上に身を起こし、武巳と向き合って端に座る。そして姿勢悪く片肘を膝に立てて頬杖《ほおづえ》にし、顔を突き合わせるように前傾して話し始めた。

「俺はさあ、将来的には実家に戻る気ねえのよ」

「うんうん」

「山と田んぼと畑ばっかりで何も無えしさ、周りと価値観も合わねえし。でもそういう話をしたら我らが都会っ子の奈々美サンは、逆に羨ましいとか憧れてる風な事を言うわけ。自然豊かな土地とか、近所や親戚と距離が近い生活とかな？」

「あー、なるほどね」

「実際に住んだこと無えからそんなこと思うんだよな」

愚痴っぽく言う沖本。

「何にも無い上に、面倒なだけの生活だっての。武巳もそう思うだろ？」

そして武巳に同意を求める。確かに以前、武巳も田舎の生まれだという話をしたが、いくらか認識に行き違いがあるようで、武巳は見上げる沖本の視線から目を逸《そ》らす。

「あー……おれ、田舎の生まれなのは間違い無いんだけど、田舎の育ちかと言われるとちょい怪しいんだよな」

「何ィ⁉」

「実は小一までしか住んでない。後は町で暮らしてた。田舎のイメージは、山とか川とか野原で遊びまくった、めちゃくちゃ楽しかった記憶しか無い」

「くそ、裏切られた！」

ばすん、と沖本がベッドに転がった。

「いやさあ……ふつーに考えて、田舎が嫌いな奴ばっかりじゃ無いだろ、何でおれまで嫌いって決め付けてたんだよ」

若干気まずそうに、それでも反論する武巳。

「まあ確かにおれだって、中学校までフルで住んでたら、沖本みたいな別の印象になるかも知れないけどさ……」

「きっとそうなった。いや、そうなってくれ。あのつまんねー日々から逃げたい一心で、俺はここに来たんだ。擁護されるだけでも心がささくれ立つんだよー」

おおお、とベッドの上で虚空に手を伸ばし、呪詛《じゅそ》めいた声を上げる沖本。

そんな地獄の亡者のような状態になっている沖本の様子を、笑い半分、呆《あき》れ半分で、武巳は眺める。そして子供の頃に田舎で生活していた、今はだいぶ失われつつある記憶を、頭の端で思い出す。

「……そういや引っ越して以降、一回も田舎に帰ってないなあ」

そして呟《つぶや》いた。

「あと思い出したけど、どうもうちの親は田舎が好きじゃないっぽい。引っ越したのを『逃げて来た』みたいな言い方してた」

「わかる！」

沖本の同意の声が上がった。

タイミングと勢いに、武巳は少し笑ってしまった。

「まあいくら何でも、沖本と同じ理由じゃないだろうけどさ……でも、むかし何で引っ越したのかって聞いたら、子供にはあんまり関係なかったけど、大人の世界では色々大変だった、みたいなこと言ってた。しきたりとかしがらみとか迷信とか、色々面倒だったって。詳しくは教えてくれなかったけどさ」

「……それ、うちよりだいぶ田舎だったんじゃねえか？」

「だと思う。小学校が分校で、全部で十人居なかったし」

「うわ、すげえ珍しいじゃん」

沖本が興味津々で起き上がった。

「そんな話、何で今まで教えてくれなかったんだよ」

だが武巳は、済まなそうな顔をして頰を掻《か》いた。

「いや、親があんまり田舎の話とかしたがらないから、おれも何となく話さない感じになってさ……あと、話すとやっぱそんな風に興味は持たれるんだけど、小さい頃の話だし、その頃のおれって何も考えずに遊び回ってただけの子供だったから、詳しい話とか全然できないんだよ。話しても残念な事になるだけだから、あんまり言わなくなった」

「あー……まあそっか。いいんじゃね。俺だって普段は、わざわざ地元の事なんか話題にはしないしさ」

配慮して大人しく引く沖本。それを申し訳なく思った武巳は、代わりに何か続けられる話題が無いかと、頭を巡らせた。

「うーん、他におれの周りで田舎の生まれだって言ってたのは……木戸野《きどの》くらいかなあ……稜子《りょうこ》は完全に都会だし、陛下と村神《むらかみ》はこの市だし」

「ほー」

「あ、木戸野も確か、地元が嫌いって言ってた」

「マジで。木戸野さん同志じゃん」

「何かの間違いで絶対権力者になったら、地元はダムにするって。住人ごと」

「わかる……って同志だから言ってやりたかったけど、流石《さすが》にそこまでの恨みは無いわ。すげえ恨んでんな」

武巳の話を聞いて、沖本は降参するように両手を上げた。

「俺が絶対権力者になっても、地元は優遇してやらない程度かなあ。まあ、絶対権力者は無いけど、仮に俺が超有名になっても、地元に錦は飾らねえかな」

そう沖本。

「画家……はまあ難しいにしても、デザイナーとか」

「ん？　沖本、デザイナー志望なのか？」

初耳だったので、武巳は目を瞬《まばた》かせて、訊《たず》ねた。

「いや？　でも候補ではある。奈々美がデザイナー志望なんだよ」

「ああ……」

奈々美の姿を思い浮かべる武巳。何となくだが、彼女はいかにも『それらしい』と勝手な感想を抱く。

「あいつ、高一の頃からそういう講座を受講してて、進学もそっち方面を志望してんだ」

「へー」

「憧れの仕事なんだと。で、もうだいぶ具体的に動いてる。凄《すげ》えよな。俺はちゃらんぽらんだから具体的な夢なんか無いけど、絵は好きじゃん。だったら基礎は同じようなもんだから、奈々美を追いかけるのもアリかなあ、とか、ちょっと思ってる」

「あー、はいはい」

惚気になった。へっ、と武巳は拗《す》ねた半笑いを向ける。ただ武巳がそういう態度を取るのはコミュニケーションとしてのポーズで、自身は他人の色恋に対して、特に羨ましいといった感情は持っていない。

実際に武巳の内心に湧いたのは、別の思いだ。

「でもまあ――――『そういう進路の決め方って浮ついてないか？』って思いと、『そういうのでも希望の進路が決まってるのは凄え』って思いが、同時にある」

「お前……はっきり言いやがったな……」

武巳の感想に、沖本からまた亡者の声が出た。

「ま、正直、俺も他の奴には言えねーとは思ってる……」

「本人には？」

「余計言える訳ねえだろ。奈々美にそんなこと言ったら殺されちまう」

やめろ恐ろしい、と震え上がる沖本。

「だからやるときゃ黙ってやるんだよ。確かに将来の進路をカノジョで決めるとか言うと『大丈夫かよ』ってなるけどさあ、全員が全員そんな自立した立派な理由で自分の進路とか仕事とか決めてんのか？　とも思うわけよ。これだって縁じゃん。結果を出せばいいし、もし駄目になっても進路には変わりねえんだから、ちゃんとやってれば、スキルとかノウハウとか、将来的に役に立つものは残ると思うんだよ」

「おおー……」

最初に聞いて思っていたよりも遥《はる》かにしっかりしていた沖本の考えに、武巳は割と心から素直に感心した。進路指導の先生などがどう思うかは知らないが、少なくとも将来について全くビジョンの無い武巳からすれば数万歩は先を行っていた。

「いいじゃねえかよ。自分のカノジョが、将来の夢でもさ」

「あー……そだな。おれも別にいいと思うよ」

武巳は答える。

「て言うか、なんも考えてないおれなんかより、よっぽど立派じゃん……」

だらーん、と討ち死にした死体っぽく椅子の背もたれに寄り掛かり、敗北者としての自分を表現しながら。

「武巳、お前は将来の夢とかねえの？」

「まだ無い」

何にも無い。

「何か好きな事とかは？　俺みたいに部活がらみとか」

「小説？　無理無理。部活で自分が雑魚《ざこ》なのは常に思い知らされてる」

「あー、それは分かるわ」

「だろー？」

だらーん、と天井を見上げながら、武巳は沖本と言葉を交わす。

「将来の夢かー……」

天井に向けて、しみじみ呟いた。

自分は将来何をしているだろう？　ぼんやり想像するが、どこかの会社に入って何となく平凡に暮らしている自分の姿しか想像できない。

取り柄が無いので、将来への解像度が上がらないし、特に叶《かな》えたい夢も無い。

それなら日々武巳を才能で打ちのめしている、文芸部の皆は？　将来について話をした事とかは、特に無い気がする。

それでも、空目《うつめ》が普通に会社員などをやっている姿は想像できない。きっと学者とか文筆業とか、そういった仕事に就くに違い無い。

村神はスポーツとか、格闘技とかだろうか？　選手は嫌がりそうだから指導者とか？　後は警備会社。案外警察官とかレスキューとかも向いていそうな気もする。

木戸野はバリバリに働く女になりそうだ。

稜子は？　武巳と同じく特に取り柄が無いが、割と何でもできそうだ。それどころか気付いたら思いもよらない物凄《ものすご》い職業に就いていて、みんなが驚く、といった展開も、何だか妙にリアルに想像できた。

「……おれたちって、将来、どうしてるのかなあ？」

武巳は、誰にとも無く言った。

「さあなー」

それに沖本が、またベッドの上で、ぼすん、と大の字にひっくり返って、あっけらかんと答えた。

「ま、でも俺はそんなに悲観してないよ。俺も、お前も、ちゃんと前に進んでるさ」

沖本は楽天的にそんな風に言うが、武巳は疑惑の眼差《まなざ》しを向ける。

「そうかー？」

「大丈夫だって。俺の周りの人間が不幸になるわけ無いって。大丈夫、もしそうなっても、俺が助けてやるよ」

さらりと沖本は格好良い事を言った。

「だから俺も助けてな」

「……………」

「本題そっちかよ」

魔女（＝Ｗｉｔｃｈ）という言葉は、アングロサクソンの言葉であるＷｉｃｃａ（＝妖術を行う者）が元になったものであり、広義においては魔術に関係した者すべてを言い、狭義においては悪魔への奉仕を命じられた者の事を言う。ここで言う狭義の魔女とはすなわち「異端としての魔女」を言い、基督教《キリストきょう》における専門用語である。

教皇インノケンティウス八世の『大勅書《だいちょくしょ》』の定義では「悪事のために堕天使を勧誘しようとする者」であり、有名なボーダンの定義では「悪魔との取引によって、自身の利己的な目的を遂げるために断固たる意思を持つ者」となる。しかしかつて行われた魔女裁判では、悪魔との直接の影響が無いばかりか、覚えの無い無意識のものでさえ、その人物が魔女であり得る根拠となるようである。

――大迫栄一郎《おおさこえいいちろう》『異端としての魔女』

関東の中学校での話。学生から採録した。


うちの学校には〝夜に鳴るチャイム〟の噂《うわさ》がありました。

私の通っていた学校では放課後の五時半に鳴る下校のチャイムが最後なんですが、それより後になってからチャイムが鳴ることがある、という噂をみんながしてました。

それは絶対に聞いてはいけないチャイムで、死んだ人の時間が始まるということを知らせるチャイムなんだそうです。だから学校に遅い時間まで残っていて、もしそのチャイムを聞いてしまったら、霊にバラバラにされて殺されてしまうとか、二度とこっちの世界に帰ってこられなくなるとか言われてました。

そういえば、うちの学校には用務員さんや宿直の先生がいませんでした。

——大迫栄一郎『現代都市伝説考』

間章（四）　子供達への呼び声

「それじゃ、ちょっと行って来るね」

ルームメイトが、部屋を出て行く。

「うん、行ってらっしゃい」

そう言って入口で友人を見送った少女は、そのまま廊下の人通りを見回すと、静かにドアを閉め、中から鍵を掛けた。

「さて、と……」

一人になった寮の部屋で、その一年生の少女は、いそいそと自分の机に戻る。

ずっと、この時を待っていた。寮の部屋に自分しか居なくなるこの時間。誰にも見られず秘密の〈儀式〉を行う事ができるこの時間を、少女はずっと、夜になってから密《ひそ》かに待ち続けていたのだ。

「…………」

誰も居なくなった、寮の部屋。

待ち望んでいた機会の到来に、少女はひとつ、深呼吸。

スカートのポケットを探ると、中から鍵を取り出す。そして机の一番上の引き出しに鍵を差し込み、音を立てる事をはばかるように、ゆっくりと静かに鍵を回す。

保険証などの貴重品が仕舞ってある、机で唯一、鍵の掛かる引き出し。

かちっ、と静かな夜の部屋に、鍵の外れる音は、存外に大きく響いた。

無用に大きく聞こえた音に、少女は思わず息を殺して、ゆっくり引き出しを開ける。その引き出しの一番奥に、まるで小部屋のようにして、小さな小物入れの箱が、貴重品に混じって大事そうに納めてあった。

小さな、何の変哲も無い、木製の小物入れだ。

しかしそれこそが、誰にも見せられない、彼女だけの〝秘密〟だった。

正確に言うと、その中にあるモノが〝秘密〟。少女が小さな留め金を外し、木箱の蓋を開けると、〝それ〟は端切《はぎ》れの布に包まれて、ちょこんと小さく、箱の中に座っていた。

小さな、〝人形〟が。

それは薄いピンクの消しゴムを削った、小さな小さな、手作りの〝人形〟だった。

古風な寮の部屋の、どことなく古い色をした照明に照らされて、箱の中に座っている消しゴム人形。引き出しの奥まで十分に届いていない光が、その小さな〝人形〟に、大きな影を落としていた。

「……」

マジックで書き込まれた、単純な目鼻が笑っている。

少女はその〝人形〟を見詰め、そして指先で、そっと触れた。

そうしている少女の表情は愛おしげで、またどことなく頼もしげでもあった。それらがないまぜになった穏やかな微笑を浮かべて、少女は不器用な作りをした、その自作の〝人形〟を見詰めた。

そして、呟いた。

「……ねえ、今日の小テスト、上手《うま》くいったよ」

机の中の〝人形〟への、小さな語り掛けだった。

「苦手な数学なのに、手応えがあったの」

夜の寮でたった一人、〝人形〟に向かって呟く少女。

「あなたの、おかげだよね。ありがとう」

呟く。

嬉《うれ》しそうに。

「ありがとう――〝どうじさま〟」

語りかける。それは少女がルームメイトの居ない時に行う、密かでささやかな、彼女だけの秘密の〈儀式〉。

＊

――〝どうじさま〟

その変わった〝おまじない〟は、少女が数日前に、とある二年生の先輩から教えられたものだった。

それはある日の放課後、彼女の所属している図書委員会のメンバーが、準備室で雑談していた時の事だ。ひょんな事から話題が占いの話になり、そのうち一人の口から、最近学校で噂になっているという、とある評判の占い師の話が出たのだ。

女子ばかりの委員会だ。すでに過半数が話を知っていた。

上羽間《かみはざま》のマンションに住んでいるというその占い師の事を、少女も含む図書委員達は、興味津々で話し合った。

曰《いわ》く、専らタロット占いをするという事。結構かっこいい男の人だったという事。悩んでいる事をズバリ当てて来るという事。そして最近、どうやら店を閉めてしまったらしいという事を聞いた時には、少女はかなり本気で残念に思ったものだった。

それから——その占い師が、お客として来た人に色々な〝おまじない〟を教えてくれていたという話。

占いやおまじないの類が、少女は結構好きだった。

それほど自覚的にでは無いが、何となく信じているし、自分でやってみる事もある。だから尚更《なおさら》、残念さが募る。

「閉店しちゃってるんだよねぇ、残念だなぁ……」

「だよねえ」

少女の呟きに、同じく占い師について知らなかった何人かが同意した。

「聞いた話では、すごい効果あるらしいよ。なんかね、えーと……自分の苦手なものを補ってくれる？　そんな感じのおまじないなんだって」

「へぇー」

「そうなんですかぁ」

先輩の報告に相槌《あいづち》を打ちながら、少女はふと、自分の苦手なものを考えてみた。まず思い浮かぶのは勉強だ。体育、数学、それに英語も得意で無い。歌も絵も上手くなりたいし、かなりそそっかしい性格も何とかしたい。

ぱっとしない顔なんかも、綺麗《きれい》になったりするのだろうか。

そんな風に色々考えていると、弱点だらけの自分に、ちょっとだけ落ち込んだ。

「はあ……どんなおまじないだったのかなあ……」

溜息《ためいき》を吐いて、皆で囲んでいる長机に頬杖を突く。そんな少女の様子を見て、仲の良《い》い、同学年の委員が笑う。

「あんた、いま自分の悪いとこ数えたでしょ」

「えっ？　何で判《わか》ったの⁉」

「そんな顔してたもん」

皆がどっと笑った。

「……うー……」

少女は頬を膨らませる。

考えている事がすぐに顔に出るのも、何とかして欲しいものに追加する。

「───ねえ」

そして、その時だ。

あの先輩が、口を開いたのは。

「教えてあげようか？」

「えっ？」

え？　と一同が、言葉の主を見た。

皆の視線を受けてにっこりと微笑《ほほえ》んだのは、一緒に歓談していた図書委員の、二年生のうちの一人だった。

どちらかというと地味めの子が多い、図書委員会の中でも典型的な人だった。

手入れの荒い長髪、黒縁の厚い眼鏡、服装も地味な、本の虫。

もちろんこの場にいる子達は、皆が皆、図書委員になるような人間だ。多かれ少なかれ似たような傾向がある。それでも彼女のように絵に描いたようなと言えるくらい典型的なタイプというのも逆に珍しく、口数のそう多くないこの先輩の顔を、少女は委員会に入ってから真っ先に憶《おぼ》えたくらいだった。

「湯浅センパイ……」

少女は、その先輩の名前を口にした。

湯浅みちる。ひどい人見知りで最初は話もしなかったので、容姿は真っ先に憶えたが、名前を憶えるのはずっと後になった。

「教えるって、何をですか？」

「……」

その少女の問いに、みちるは楽しげに目を細めた。

そんな彼女の落ち着いた微笑を見て、少女は何故《なぜ》だか心を掻き乱されて、胸にどきりとしたものを感じた。

「おまじないのやりかた」

そんな笑みの後、みちるが答える。

「え、知ってるんですか？」

「ええ。知ってるでしょう？　私が占いとか好きな事」

確かに彼女が占いやおまじないが好きな事は、委員会の中では周知の事実だった。

ただ単に好きなだけでは無く知識もあり、グッズなどにも詳しく、こうして見ただけでも首飾りとブレスレットを着けている。どちらも小さな金属の細工が付いており、何か本格的な護符の類である事が窺《うかが》える。

そして――――

「じゃあ、教えてあげるね」

そう穏やかに言うみちるは、最近、少し雰囲気が変わったと評判だった。

と言っても悪い方向では無く、明るくなったというもので、好意的なものが半分と、戸惑いが半分といったものだった。

少女は、みちるとは取り立てて関わりの多い間柄では無かったので、雰囲気が変わったと言われても、それほどピンと来ていなかった。だが言われてみれば確かに、彼女が人と話をしている姿を見る事は増えていた。

そして確かに――――こんな彼女の笑顔は、確かに初めて見た気がした。

特に皆の中心で、相手と目を合わせて、こんなに落ち着いて笑みを浮かべている姿は。

少女の知るみちるという先輩は、とても大人しくて無口で、陰気でぼそぼそと話す、自信なさげな人物だ。皆の視線に囲まれて、こうして平然と顔を上げている姿は、少なくとも彼女のイメージとは程遠かった。

少女の知る彼女は俯《うつむ》きがちで、まれに見る事のある笑顔も、控え目かつ引っ込み思案なものだ。一部の人間、特に彼女の同級生である二年生は、急に積極的になったみちるを、少し気味悪がっているようだった。

だが、

「ほんとですか⁉」


そんなみちるに、少女は表情を輝かせて答える。

彼女の変化が何であれ、占いやおまじないに詳しい先輩が、取っ付き易《やす》い性格になって色々教えてくれるというのは、少女にとって歓迎すべき状態ではあっても、嫌がる理由など何一つ無かったからだ。

「知ってるの？」

「ほんと？」

「私にも教えてよ」

おまじないに興味のある周りの皆も、口々に言って、みちるの方へと身を乗り出した。

ほんの一部を除く殆《ほとん》どの人間は、付き合い易くなった彼女の変化を、戸惑いはあっても概《おお》ね歓迎していた。

「ええ。もちろん」

皆の言葉に、みちるはにっこりと応じた。

「さっき皆が話していたのは〝どうじさま〟といって、自分の欠けているものを補ってくれるという〈儀式〉だそうよ」

そう言うと、みちるは少女を始めとする聴衆へ向けて、おまじないの説明を始めた。

用意するもの。儀式の場所。儀式の手順。そして儀式を実行する時に、気を付けなければならない事など。

「この〈儀式〉はね、人に見られちゃ駄目だそうよ」

そして最も大事な注意として、そのルールをみちるは口にした。

「参加者以外には見られちゃいけないの。誰にも」

「えー……」

少女はそれを聞いて、ちょっと困惑して口元に指を当てた。

「でも結構難しいですよねえ、それって」

「そうね」

くすくすと、みちるは頷《うなず》く。

「でも、簡単にできたら効き目も少ないんじゃない？　それに放課後は長いんだし、チャンスは結構多いんじゃないかしら」

「なるほどぉ」

納得して呟く。その頃にはもう少女の頭の中は、どうやって実行しようかというプランの算段で一杯になっていた。

「うーん……」

「もし途中で誰か見かけても、見ない振りしてあげればいいんじゃない？」

思案する少女を見て、微笑んでみちるは言う。

「え!?　それで大丈夫なんですか？」

「さあ？」

自分で言っておきながら、みちるはおっとりと首を傾《かし》げる。

それを聞いて皆が笑った。揶揄《からか》われている。そう思った少女は唇を尖《とが》らせて、抗議の意思を皆に示す。

「むぅー……！」

「まあまあ。でもさ」

そんな少女に、ひとしきり笑った二年生が言った。

「それくらいは大目に見てくれないと、やっぱ難しいんじゃない？」

「むぅ……そうですよねぇ……」

言われて、思わず考え込む少女。

「やっぱ難しいですよねぇ」

「そりゃそうでしょ。だって裏の池なんて、学校の窓から丸見えじゃない？」

「ですよねぇ」

「それなのに誰にも見られないようにしなきゃいけないとしたら、学校に人が一人も居ない時間帯じゃないとダメでしょ。朝めちゃくちゃ早くとか、放課後の遅くとか、それこそ夜中に忍び込むとか……」

「うーん」

皆が口々に言うのは、いかにこのおまじないの実行が現実的で無いかという点だ。本気にしていないのでケチを付けて盛り上がっている。だがそれらを聞いている少女の中では、逆に漠然としていた実行プランが、どんどん具体性を帯びて行った。

学校に忍び込むなら、夜より朝の方がきっと安全。

だが少しでも明るいと、人に見られてしまう確率は上がるだろう。

頭の中だけで無く、少しは口にも出てしまう。やがて周囲がその気配を察して、呆れたように言った。

「え、ほんとにやるの？」

「…………やっぱり放課後かなあ」

少女のそんな呟きを聞いて、みちるが口を開いて言った。

「そうね。放課後が一番簡単なんじゃないかしら」

「ですよね！」

肯定され無邪気に答える少女に、みちるは笑った。

「ふふ、大丈夫。待ってればきっと、すぐにチャンスは来るわ」

そして言う。

「でも……気を付けてね。放課後の学校に居残るのは、あんまり遅くならないようにしなきゃ駄目よ」

少女は最初それを聞き流した。みちるの言葉を、子供に対してするような、単なる当たり前の、建前の注意だと思ったのだ。

しかし——そうでは無かった。

みちるの言葉はそれで終わりでは無かった。みちるはすぐに、こう付け加えたのだ。

「でないと……大変な事になるわ」

「えっ？　何がですか？」

思わず聞き返す。

「あんまり長く居残ると、大変な事になるかも。知ってる？　噂があるのよ」

「うわさ？」

急な話に少女は、ぽかんとした顔になった。

「放課後の、チャイムの噂」

みちるは少し、声のトーンを落とす。

「チャイム？」

「そう。ただのチャイムじゃないわ。絶対チャイムなんか鳴らない遅い時間に鳴る、『絶対に聞いてはいけないチャイム』の噂よ」

トーンを落としたままの声で、みちるはそう続けた。

「え……何ですかそれ？　聞いちゃいけないチャイム？」

「そう。もうチャイムなんか鳴らないくらい遅い時間に、チャイムが鳴るのよ」

「えっ」

「何時に鳴るのかは判らないけれど……これを聞いちゃ駄目よ。聞いたら――帰って来られなくなるわ」

みちるの口元が笑う。眼鏡のレンズの向こうで、黒い目が細められた。

「えっ……ちょっと……やめて下さいよぉ」

思わず少女は表情を強張《こわば》らせた。

揶揄われているのだろうと、辛《かろ》うじて笑う。だが無情にも、みちるは首を横に振る。

「これはね、冗談なんかじゃないの」

「やだ、湯浅センパイ……」

「駄目よ。大切な事なんだから、ちゃんと聞いて」

拒めば拒むほど、みちるの表情と声は重みを増して行く。少女の願いとは逆に、真剣さを増して行き、みちるの言葉は雑談のものでは無く、警告の響きを帯びた。

「あのね、放課後遅くの、鳴る筈の無い時間に鳴るチャイムは『死者の時間の始まり』のチャイムなのよ」

そして、みちるは語った。

「生きている人間のための普通の学校と、普通の学校のチャイムは、下校のチャイムでお終《しま》いになるわ。それからはもう、朝までチャイムは鳴らない筈《はず》なの。夜中なんかに鳴ったら、騒音になるでしょう？

でも、その後のあり得ない時間に、実は一つだけチャイムが鳴る。それは『死者の時間の始まり』を告げるチャイムなの。それが鳴った瞬間から、学校は〝この世のものじゃない〟モノ達のための時間になるのだそうよ。もしも生きている人間が学校の中に居て、このチャイムを聞いてしまったら、その人は死者の時間の学校に迷い込んでしまうわ。もし迷い込んだら、恐ろしい事になるんですって。霊にバラバラにされて殺されるとか、死者の世界の学校に閉じ込められて、二度と元の世界に帰って来られなくなるとか言われているわ。だから、あんまり遅くまで学校に居残ってはいけないのよ。もしチャイムを聞いてしまったら……大変な事になってしまうから」

「…………」

いつの間にか、図書準備室には沈黙が降りていた。

みちるの話を、いつの間にかその場に居る誰もが聞いていた。

カーテンの閉め切られた部屋に蛍光灯の白い光が満ち、それらに昼間とは違う放課後独特の空気が混じって、時間が止まったような異様な静寂が部屋の中に広がった。

「だから……気を付けて」

気付かぬうちに、誰もが口を噤《つぐ》んでみちるに注目し、慣れ親しんだ埃《ほこり》っぽい紙の匂いが今まで感じた事の無い息苦しさを漂わせた。机に積まれた本の、壁際に積まれた段ボール箱の、棚に収められた古書の匂いが、突如としてその内に、何か異常なモノの〝気配〟を潜ませたように感じた。

箱の、棚の、影が濃い。

無機質な蛍光灯の明かりの下で、気のせいか、闇がひどく際立つ。

何か嫌な予感がうっすらと場に広がって、誰も一言も発しなかった。少女も皆も凍り付いたように動きを止め、ただ不気味な沈黙の中で、みちるを見詰めた。

そして——


「——やだ。みんな急に黙っちゃって」


突然くすくすと笑い出したみちるの声に、はっ、と一同の時間が動き出した。

さも可笑《おか》しそうに笑うみちるに少女も皆も啞然《あぜん》とし、そしてその意味するところに気が付いた瞬間、皆がほっと息を吐いて、途端に部屋の空気が和らいだ。

「……なーんだ」

「やめてよ、もう……」

一瞬の戸惑いの後、一斉に安堵《あんど》の息を吐き、破顔する一同。少女も大きく息を吐き、みちるに困った笑顔を向けた。

「もーっ、そうですよ。やめて下さいセンパイ」

そんな抗議に、みちるは笑いながら答える。

「ふふ、ごめんね。信じた？」

「そ、そんな事は無いですけどぉ……」

今度はみちる以外の皆も、くすくす笑いを漏らす。

「ふふ、ごめんね。脅かしちゃって。でも、こういう話があるのは本当なのよ？　作り話じゃないの。〝放課後のチャイム〟の噂はね」

今度は誰も怖がらなかった。

「だから、気を付けてね？」

みちるはもう一度言う。頬を膨らませ、答える少女。

「もーっ、やめて下さいってば」

「でも、やるんでしょ？　〝どうじさま〟」

「え、えっと……」

急に改めて確認され、口籠った。その気ではあった。だがそれをはっきりと言うのは、流石に憚《はばか》られた。

「やるなら、やっぱり気を付けないと」

みちるは微笑む。周りは笑っていたが、彼女が本気なのか、それとも揶揄っているのかは少女には判断できなかった。

その気ではあったが、本当に、実際にやるのかとなると、また別の話になる。別のハードルになる。それにやはり、誰にも見られてはいけない秘密のおまじないの実行を、公然と口にするのは、躊躇《ためら》いがあった。

ただ、一つだけ、みちるに聞いた。

「センパイ……そのおまじない、ホントに効くと思う？」

みちるは、にこりと答えた。

「もちろん。ちゃんと効くのよ？　おまじないって」

…………………………

＊

……そして、一ヶ月。

今、少女の机の引き出しには、ひっそりと〝どうじさま〟が居た。

こうやって〝人形〟に悩みなどを話すと、少し気分が楽になる。こんな小さな〝人形〟に、思い入れも愛着も湧いて来る。

効き目は、確かにあるのだろう。

いや間違い無く、効き目はある。

今や少女は、一つの個性を、この〝人形〟に感じていた。小さな小さな、消しゴムで作ったこの〝人形〟に、一個の人格を感じていた。

この——〝どうじさま〟に。

「……またね。〝どうじさま〟」

少女は、そう〝人形〟に語りかけて、引き出しを閉じる。

そして引き出しの口から入る光が細くなり、引き出しの中が暗闇に閉ざされて、鍵の掛けられる音が響いて、消えた時。

暗闇の中で、

もぞ、

と小さな白いものが、息付くように身じろぎした。

…………………………

……………………

九章　少女の帰還

1

「……ありがとうございました」

木村圭子《きむらけいこ》が、そう言って、皆に向かって頭を下げた。

「ああ」

その正面に座っている空目が、その圭子の言葉に、無表情に応じて頷いた。

「もう大丈夫です……多分」

「ああ」

そんな、無愛想な医者と気弱な患者のものに似た二人のやり取りを、沖本範幸《のりゆき》がどことなくほっとした表情で見守っている。そして、その沖本の隣に武巳と稜子が居て、わずかに硬い表情をして、身を寄せ合うように座って、目の前で行われている光景を、黙って静かに見詰めている。

「…………」

＊

一夜が明けた朝、文芸部に起こった現実は、何も変わらなかった。
あの小崎摩津方《おざきまつかた》による〈儀式〉の夜、それが過ぎ、新しい朝が始まり、村神俊也《としや》の居るこの文芸部部室には、武巳と稜子の姿は無かった。
もう何日も続いている曇天のため朝は暗く、寒々しい部室は蛍光灯の明かりに照らされていた。本棚に壁を埋められている部屋は影ばかりが目立ち、気のせいか普段以上に、鬱々とした印象が垂れ込めていた。

「…………」

俊也達三人と、おまけのもう一人は、そんな部屋に居た。
いつもならば窮屈に感じるこの部屋で、俊也はパイプ椅子に背を深く預けて座り込んで、組んだ脚を大きく床へと投げ出していた。

木戸野亜紀《あき》は窓際に座り、頬杖を突いて、窓の外を見下ろしている。そのぼんやりとした視線は物憂げというよりも不機嫌に見え、その内側で荒れ狂っているであろう思考が、わずかながら見て取れる。

空目恭一《きょういち》は、何も変わらなかった。

ただ黙って座っている。傍らに人間では無い少女あやめを置いて、空目は部屋の一角に、いつものように黒一色の服を着て影のように座っていた。

腕組みし、沈思するように目を細めている空目の表情には、俊也や亜紀にあるような苦渋も動揺も見えない。こんな時にさえ普段と変わらない空目の姿は、この中にあってはかえって異常な、非人間じみた印象を強く浮き彫りにしていた。


…………


俊也達はつい今しがたまで、美術室に居た。

木村圭子の件について報告と相談をする、朝一番の集まり。稜子の中に潜んでいた小崎摩津方が、木村圭子に乗り移ったのが昨日の事。俊也は果たしてどのような説明を沖本にすればいいのか、想像もできなかった。

圭子の身に起こっていた〝怪異〟を解決する事が、もう幾度か続いている、この定例会の目的だ。しかし結果は最悪の事態になった。正直、俊也は沖本に対してどう顔を合わせればいいのか、判らなかった。

摩津方に身体《からだ》を乗っ取られた圭子。それから武巳と稜子。

彼らはもう、俊也達の前には姿を現さないに違い無かった。

沖本に、それらの事をどう説明すればいいのか。しかし、早朝に学校へとやって来た空目は平然としていて、悩む俊也と、それから俊也と同じ危惧を抱いて学校へ来たらしい亜紀に、ただ一言、「問題ない」ときっぱり言い切ったのだった。

そして――――気の重い思いで向かった会合の場に、あろう事か、圭子が居た。

さらにそこには硬い表情で一言も発しない武巳と稜子も同席していて、絶句する俊也達の前で、会合が始まった。

圭子は例の弱気な言葉で、「もう大丈夫」と空目に礼を言った。

何がどうなっているか判らなかった。だが空目はそんな圭子の言葉に平然と応じると、そのまま何も知らない様子の沖本といくつか話をして、実にあっさりと別れて、こうして部室まで戻って来たのだ。

当初の危惧は解消されたが、気分の重さは晴れなかった。

側から見ていて、昨日までと少しも変わらない圭子の様子は、昨夜の事件をその目で見ている俊也にしてみれば、拍子抜けを通り越して不気味だった。

「……一体、どうなってんだ？」

俊也の問いに、空目は平然と答えた。

「仮にも肉体があって、現実に生きているんだ。そのための基盤がここにあり、取り繕う能力もあるのに、わざわざ捨てる必要がどこにある？」

と。


…………


そして、俊也達は、こうして今に至る。

武巳と稜子が欠け、三人だけの部室で、俊也達は暗い朝を、それぞれの目と思いで見詰めていた。

今までに無く広く感じる部屋が、ひどく空虚に感じられた。あれほど足手まといだと思っていた二人だが、こうした欠けかたをすると、拭い難い空虚さを、残された俊也達の中に鮮明に残す事になった。

あまりにも普通な二人は、この異常な事件の数々の前ではあまりにも頼りなく見えた。

だからこそ俊也は、二人を守るためには事件から遠ざけるべきだと考え、足手まといとして扱って来た。

この場から二人が離れる事は、むしろ望むところの筈だった。だが結局、その二人が実際に居なくなった今、何もできていないのは全てを守ろうとした自分の方なのだと、俊也は気付かされてしまっていた。

武巳は摩津方に圭子を売り渡してまで、稜子を取り返した。結局、何も達成できなかった。対して自分は、目に入る全てを守ろうとして、何も達成できなかった。

俊也はパイプ椅子を軋《きし》ませて天井を見上げ、ただ強く口を引き結んでいた。無力感もあったが、それ以上に、自分へ対する怒りが、他の感情より何よりも強く、俊也の表情を険しくしていた。

「……ねえ、恭《きょう》の字《じ》」

そんな空気の中で、亜紀がふと口を開いた。

「何だ?」

破られた沈黙に俊也がちらと目をやると、腕組みしてた空目が顔を上げ、そう亜紀へと答えを返す姿があった。亜紀は窓枠に頬杖を突いたまま、顔を傾けるように空目を見ていた。もやがかかったように暗い朝の空を映している窓を背に、亜紀はあの不機嫌で物憂げな目を、空目へと向けている。

「あのさ」

そして、その表情から想像できる通りの不機嫌な声で、亜紀は空目に訊ねた。

「何であいつは、あんな事したわけ？」

「何の話だ？」

空目が問い返した。亜紀は答える。

「小崎摩津方」

「！」

その名を聞いて、俊也は背もたれから少しだけ体を起こした。決して聞き流して良い話題では無い。しかし俊也は、亜紀が何を言おうとしているのかが判らなかった。

「あの変態爺《じじ》いが、何で今さら乗っ取った身体の乗り換えなんかやったのか、私としては納得いかないいんだけど」

亜紀は言った。

「納得だ？」

俊也は思わず言う。亜紀が顔を向けた。

「理由が思い付かなくてさ」

「ああ？」

俊也は訝《いぶか》しげに吐き捨てた。

「奴らに理由なんかあんのかよ」

あんな連中の理由や動機など、解《わか》る訳が無い。そもそも解る必要などあるのか？　と憤懣《ふんまん》を露《あら》わにする俊也。しかしそんな俊也の吐き捨てを無視すると、亜紀は目元を不愉快げに歪《ゆが》めながら言葉を続けた。

「あんな、これ見よがしにさ」

亜紀は言う。

「必要ないじゃない。稜子の身体から移る必要も、わざわざ恭の字達に〈儀式〉やら何やらを知らせる必要もさ」

それを聞いて俊也は、思わず眉根を寄せた。

「……知らせる？」

「そ。もしかしてあんた気付いてないの？　どう考えてもあんた達、あの時、あの爺《じい》さんに呼ばれてるじゃない」

亜紀は頬杖から顎を外すと、きっぱり言い切った。

「もしかして、あんたは〈儀式〉が終わる前に何とか発見して、ギリギリ駆け付けるのだけは間に合ったとか、そんな認識だった？　もしそうなら馬鹿者だよ。間違ってる。あの〈儀式〉とやらは、あんた達が踏み込んで来る事が、最初から折り込み済みだった。そうだとしか思えない。つまりあんた達は招待客だったわけ。ついでに言えば私はさしずめ、招待チケットの半券だね」

「……！」

俊也は絶句した。そしてそれを言い切る亜紀の口調は、押し込めた苛立《いらだ》ちが透けて見えるほど、強いものだった。

「もしわざわざ知らせる気が無いなら、木村圭子の部屋で私を襲った時――――そいつを、あの場から逃がすわけ無いじゃない」

亜紀はあやめを指差した。あやめが黙って目を伏せた。

「逃げられた、じゃなくて、間違い無く逃がしてたね。よく考えてみなさいよ。逃す気の無い魔術師から、そいつが逃げおおせると思う？」

「……」

誰からも反論の言葉が無かった。

「つまりあの爺さんは、そいつを使ってあんた達を呼んだわけ」

「……」

「間に合ったんじゃなくて間に合わせられた。何のつもりか知らないけど、わざわざあんた達に、〈儀式〉を見せようとした」

言葉も無かった。考えもしなかった。ただ、あの時は必死だったのだ。それ以外は考えないようにしていた。

そして、それは今もだ。

無言の俊也を見て、亜紀は深い溜息を吐いた。

「はあ………私も目が曇ってたけど、村神、あんたも相当だね」

業腹だが、そう言われても仕方が無い。何しろ亜紀がいま言った事を、俊也は全く考えていなかった。

ただ怒りと不安とに、ひたすら今まで引きずり回されていた。

今の、今までだ。

「……」

「私は少しだけ、頭が冷えたよ」

沈黙する俊也に、亜紀は低い声で言う。

「もう手遅れかもしれないけどね。こんな事になって、少しだけ冷静になった」

その『こんな事』が何を指しているのかは判らなかったが、とにかく亜紀はそう言い、溜息混じりに髪をかき上げた。

「それでよく考えてみたら、私が襲われた時、おかしな事だらけだった。恭の字に〈儀式〉を知らせた事もそう。私に正体を明かした事もそう。あんたらに知らせなきゃ〈儀式〉に邪魔が入る確率がゼロになるし、私らに明かさなきゃ正体を隠したまま私らの近くに潜伏できる。デメリットしかない。というかよくよく考えてみたら、摩津方には〈儀式〉をする理由自体が存在しないのよ」

亜紀は語る。俊也が考えもしなかった、いや、知る必要も無いと思考から排除していた、理由についての考えを。

「……だってさ、あいつは稜子の身体を乗っ取って、この世に〝復活〟するのが目的だった筈でしょ？」

亜紀は言った。

「なら、その目的はとっくに果たしてるじゃない」

「……!?」

腹立ち紛れに考えないようにしていた、敵の行動と思考。硬直していた敵への認識が、その一言でひっくり返った。

「あ……？」

「しかも私らは、恭の字以外は誰もその可能性にさえ気付いてなかった。身体を乗り換える必要なんか無いし、私らに存在を知らせる必要も無い。それを、わざわざやってる。ただ単に私らをおちょくるのが目的だってんなら別だけど、それはいくら何でも相手を過小評価し過ぎだし、私らを過大評価し過ぎでしょうよ」

「………………！」

俊也はあまりに狭窄《きょうさく》していた自分の視野に衝撃を受けた。格闘や喧嘩《けんか》に置き換えれば、亜紀の言う事は完全に理解できるのだ。相手を観察する。冷静になる。挑発に乗らない。そして相手と自分を過小評価も過大評価もしない。

事態が異常すぎて、複雑すぎて、深刻すぎて、俊也は冷静さを欠いていた。

格闘のように単一な尺度では無い戦いの世界で、自分は相手の術中に居る。そして抜け出せないで居る。それに気が付いた俊也は、ぎし、と自分の顔を掴《つか》む。

「…………っ！」

亜紀はそんな俊也から視線を外すと、今度は空目へと、目を向けた。

そして問うた。

「で、違う？　恭の字」

「いや」

腕組みし、沈黙していた空目は、その向けられた視線を人形のような無表情で受け止めて答えた。

「違わん。正しい認識だ」

「でしょ」

当然、とばかりに頷く亜紀。しかし空目が抑揚の乏しい声で続けた言葉には、思わず驚きと疑問の声を上げた。

「それに〝理由〟については、いくつか見当が付いている」

「！　ほんとに？」

「もちろん予想できているのは全てでは無い。だが一つだけ確実に言えるのは、小崎摩津方の目的の一つは――――近藤《こんどう》だ」

その答えに亜紀は一瞬、訝しげな表情をした。

「……はあ？　近藤？」

その声には、明らかな困惑と侮りと、おそらく、裏切り者への反感。

「あんなの、手間とかデメリットと引き換えにする価値なんか無いでしょ？　何の役に立つわけ？　何かの儀式の生贄《いけにえ》にでもするの？」

亜紀の毒舌の溢《あふ》れた刺々《とげとげ》しい言いように、しかし空目は、静かに反論した。

「その近藤に、出し抜かれたばかりだが？」

「！」

ぐっ、と言葉に詰まる亜紀。

「それに今まで、近藤が本当に、全くの役立たずだったか？　俺達の置かれている状態からすると、純粋に人数が減るのは痛手だ。近藤と日下部《くさかべ》の二人の人手だ。失うのは大きなダメージと言える。そして近藤自身は確かに平凡な人間かも知れないが、木戸野も村神も、その平凡さに惑わされて行動の結果への評価が過小になっていると言わざるを得ない」

その存外に大きな評価に、俊也は内心で驚いた。

亜紀はどこか、苦し紛れに言った。

「……恭の字は、近藤をこの件から引き離そうとしてたと思ってたけど？」

「その認識は正しいな」

肯定する空目。

「恭の字にとっては、他人のやる事なんか取るに足らないでしょ。近藤なら尚更」

「俺は他人の行動を取るに足らないと思った事は無い」

その先の言葉は、空目は否定した。

「本当にそう思うなら煩わしいとも思わない。俺は自身の行動と思考と結果を出来得る限り自身の制御下に置いて、可能な限り俺だけで世界を完結したいと常に考えている。その点で、全ての他人は等しくノイズになる。それは多かれ少なかれ、全ての他人がそうであって、近藤に限った話では無い。全てが何がしか煩わしい。だが完全な制御と完結が現実的に不可能である以上、俺は合理的判断として全てのノイズを受け入れる。

全ての人間は行動し、それによって結果が発生する。全ての他人が生み出した結果は、俺の認識ではノイズだ。そして少なくとも近藤は、俺が受け入れるのに著しい苦痛を伴うようなノイズは今までに残していない。大体――――近藤自身の能力は平凡かも知れないが、近藤はあの〝鈴〟の持ち主だ。今までにあの〝鈴〟が何らかの役に立つ結果を出した事は、一度では無いだろう」

「…………っ！　そっか……！」

亜紀は下を向いた。唇を引き結んだ。

俊也も忘れていた。あの〝鈴〟の存在を。いや、忘れていたというのは正しく無い。正確には、あの〝鈴〟の存在と、それがもたらした結果を、武巳と不可分のものとして紐《ひも》付ける発想をしていなかった。

俊也も、亜紀も、自分の能力を誇っている。

どちらも明確に、自分自身、自分一人、身一つの能力を誇る、一匹狼《いっぴきおおかみ》型の人間。だから盲点になっていた。俊也も亜紀も、自分自身でない何かの手柄を、ましてや道具の手柄を、本人のものとして扱う発想に欠けていた。そして指摘されてもなお、〝鈴〟の効用を武巳の能力に含める事には心理的な抵抗があった。

「現状、普通に考えるならば、俺達を離間工作で弱体化させ、同時に〝魔女〟に対してアドバンテージを取るため、〝鈴〟を持つ近藤を引き入れにかかったと思うしかない」

沈黙する二人に向け、眉を寄せ、目を細め、空目は言う。

「結果としてそうなっている。仮に小崎摩津方に、そのつもりが無かったとしてもだ。もしかすると奴は愉快犯で、あの〈儀式〉は茶番でしかないのかも知れない。乗り移る身体が誰かなど、本当は関係ないのかも知れない。実は〝鈴〟など奴の眼中に無いのかも知れない。だとしても、全ては〈儀式〉に近藤を加担させ、俺達に対する〝決別〟、あるいは〝裏切り〟を印象付ける道具立てとして利用された。

もうこちらの側には戻っては来られないと、近藤に思い詰めさせた。近藤と日下部、そして〝鈴〟を、一度にこちらから引き離し、自分の側に置く事に成功した。俺達に対する人質にもなるだろう。これで小崎摩津方には、不用意に手出しができなくなった。この件に関しては、完全にこちらの敗北だ」

「……っ」

亜紀が面白く無さそうに口元を歪めた。改めて突き付けられた事実に、俊也は恨めしげに呻《うめ》くしか無かった。

助けるつもりで、必死だった自分を思い出した。

そんな自分に、必死で組み付いて来た武巳の姿を思い出した。

俊也は床を睨《にら》んだ。そして呟くように問いかけた。

「…………それじゃあ、俺が必死でやってた事も、他の奴らが必死でやってた事も、あの場所であった事は、全部あいつの掌《てのひら》の上だったたって事か？」

「おそらく、そうなるな」

その問いに、空目は非情に答えた。

「必死になっているという事は、〝何かに追い立てられている〟という事だ。その〝何か〟が〝誰か〟であったとしても、一体何の不思議がある？」

「ぐ……」

「その〝誰か〟が人間では無い場合が〝怪異〟だ。俺も勉強になった」

それだけ言って、空目は皆から視線を外した。

俊也はしばし呻いていたが、やがて胸の中の空気の澱《よど》みに負け、大きく溜息を吐いた。

亜紀が不機嫌に、窓の外に目をやる。あやめが人形のような貌《かお》を俯かせ、膝の上で臙脂《えんじ》のスカート生地を握った。

ひどく居たたまれない、しかしどこにも行き場のない、重い沈黙が空気に満ちた。空目はそんな中で腕組みすると、自分の周囲の空気にはまるで興味が無いかのように、再び思考のために、その両目を静かに閉じた。

2

「……いやー、でも良かったよ。大した事なくてさ」

「あ……ああ……」

沖本の安堵交じりの言葉に、近藤武巳は曖昧な答えを返す。

「木村ちゃんと連絡つかなくなった時はどうしようかと思ったけど、何でも無くて、ほんと良かったよ。マジで」

「うん……そうだな」

「心配したよ。うっかり電源切れてただけだったなんてな。それでも俺じゃ女子寮に確認に行けないしさ。すげえ助かったよ」

「ごめんなさい……」

　圭子が俯いて、謝る。

「いや、俺はいいよ。それより見て来てくれたのは日下部さん達じゃん。お礼はそっちに言わないとな」

「いいって。お礼はもう聞いたからさ……」

＊

　美術室での話が終わって、空目達が出て行ってから、しばらく。

　武巳は稜子と共に美術室に残り、朝の美術室で、沖本達と他愛の無い会話を続けていた。

　日光から画材を保護するために北向きだけ開けられている窓が、一面灰色の空を映している美術室。そこには夕刻のように蛍光灯の明かりが灯《とも》り、木造の調度を照らして、まるで放課後の雑談のように、沖本の話し声が部屋に響いていた。

　部屋に並ぶ木製の大机の一つに、武巳と稜子、沖本と圭子の四人は座っていた。

　その中で主に話をしているのは沖本だけで、他の皆は殆ど頷いたり、答えたりする事に終始していた。

『もう怪異は無い。こうして集まる必要も無いだろう』

空目がそう言って、圭子の事件について終結宣言をしたのは、つい先程の事だ。それを喜んだ沖本は先刻から上機嫌で、しきりに武巳達の苦労をねぎらい、空目達に感心したという台詞を幾度も言葉を変えて繰り返していた。

——それが、武巳にとって拷問である事を知らずに。

真の事情を知る武巳にとって、圭子が助かった事を喜ぶ沖本の言葉は、まさに拷問そのものだった。

武巳は知っている。ここに居る圭子が、助かってなどいない事を。

いや、それどころか武巳は事情を知るどころでは無く、その状況を作った協力者、張本人と言える人間なのだ。

ここに居る圭子は、圭子では無い。

ここに居る、圭子以外の何者にも見えない気弱な少女は、どういう仕組みかは知らないが、老獪《ろうかい》な魔術師をその身の内に飼っていた。

この大人しい少女の振る舞いが、老魔術師の演技なのか、それとも他の理解不能の偽装手段なのかは武巳には判らない。しかし少なくとも圭子は怪異から逃れるどころか、死した〝魔道士〟に身体を乗っ取られ、そして近しい沖本にさえ看破される事なく、こうして誰にも気付かれる事なく、摩《す》り替わってしまっていたのだった。

沖本が無事を喜んでいる圭子は、圭子では無い。

そして、そうしてしまったのは、ここに座っている武巳自身。

武巳は、圭子と同じように肉体を支配されていた稜子を助けるため、〝魔道士〟小崎摩津方に圭子を売り渡した。摩津方が圭子を乗っ取るための下準備をし、それを止めに来た空目達の邪魔をして、とうとう乗っ取りの〈儀式〉を成功させ、稜子から圭子の身体へと魔道師の精神を移動させてしまったのだ。

武巳は、裏切り者だった。

もう決別してしまった空目達だけで無く、ここに居る沖本にとっても、裏切り者だった。

いや、何も知らない沖本の前にこうして友人として座っているのは、もしかすると全てを知らせて決別した空目達に対するよりも酷《ひど》い裏切りかも知れない。しかし目の前で決別を宣言した以上、空目達の所には戻れず、また戻るという選択も考えていない武巳は、こうして沖本を騙《だま》しながら座っている以外に今は居場所が無かった。

そして、必要な事でもあった。

罪悪感に苛《さいな》まれながらでも、こうして友人の振りをしていなければ、圭子の中の人物が発覚する切っ掛けになりかねないので、武巳は良心の呵責《かしゃく》に耐えながら必死の思いで今まで通りに振る舞っていた。

覚悟はしていた。こうして何も知らない沖本の前に澄ました顔で居るのも、とっくに覚悟の上だった。許してもらえるとも、もらおうとも思わない。だが上機嫌な沖本の口から感謝や賞賛の言葉が出るたびに、やはり武巳の胸は痛んだ。

明るい沖本の口調が、心苦しかった。

武巳はそんな心中をできるだけ気取《けど》られないようにしていたが、腹芸には慣れていない武巳の態度は、もしかするととっくに沖本に不審に思われているのかも知れなかった。

だが考えないようにしていた。もし仮にそうだとするならば、この沖本の明るさは、武巳に気を遣ったものだという事になる。沖本の性格をよく知っている武巳としては、そんな可能性は考えれば考えるほど、胸を締め上げるものが強くなるのだった。

「……はは、何だよそれ」

沖本のいつもの軽口に、武巳は無理に笑って見せていた。

沖本に、心の中で何度も謝りながら。

そんな武巳の様子を、隣に座る稜子が、曖昧な笑顔をして見詰めている。稜子はその場の会話に合わせてニコニコと笑っていたが、その一方で明らかに、武巳の精神状態を心配している様子だった。

当の武巳は、そんな周りを見る余裕など無かったが。

「そういやお前ら、ずっとここに居るけど大丈夫なのか？　他のみんなはもう行っちまってるけど」

沖本も、武巳の胸のうちを知ってか知らずか、そんな気遣いをする。

「もしかしてこっちを心配してる？　だったら大丈夫だぞ？」

「あ、ああ……」

徐々に思考と感情が追い付かなくなり、思わず言葉を濁した武巳だったが、そのとき不意に机の下で、武巳の手が握られた。

「！」

武巳が驚いて視線を降ろすと、稜子が机の下で手を伸ばし、他の二人に見えない位置で、武巳の手を握っていた。

その時、武巳は初めて稜子の存在を思い出した。握られた手に伝わって来る体温に、武巳は突如として沈み込んだ自分の世界から、自分以外の者が居る現実の世界に引き戻された。

思わず稜子の顔を見たが、稜子は武巳とは目を合わせずに、何食わぬ笑顔を作って沖本へと言った。

「そっか。それじゃ、そろそろ私達も戻るね」

「おう、分かった。ありがとな」

沖本は疑いもせずに頷いた。

稜子は武巳から手を離して席を立ち——————そこでようやく、武巳を見る。

そして、

「じゃ、行こっか」

と言って、武巳を外へと促した。

＊

まだ生徒の少ない、空気の冷えた学校の廊下。

まだ殆ど空気の荒らされていない静謐《せいひつ》な廊下を、二人はぴったりと並んで、黙々と足を進めていた。

二人の足音が、静かで冷たい学校に、淡々と響いている。

広い校舎のどこからか、ほんの時折、まだ少ない人の立てる音が、遠く、静かに、聞こえて来る。

「…………」

そんな中、黙々と、並んで二人は歩いていた。

少しだけ、稜子が先に立って。心持ち小さな歩幅で。専門教室棟の廊下を、一号校舎へと向けて。

こうして二人で歩く事は、今までもよくあった事で、特に珍しい事では無かった。しかし傍《はた》から見て全く変わらないこの行為も、今の二人にとっては、昨日までとは全く違う、別の意味合いのものになっていた。

「…………」

武巳が告白した、今では。

武巳と稜子はぴったりと寄り添って、静かな学校の廊下を歩いていた。

二人の足の向かう先は、実のところ決まっていない。しかしただ一つだけ、空目達のいるクラブ棟からは離れているという、それだけが、特に相談した訳では無いが、何となく自然と決まっていた。

　二人は歩く。

　壁に並んでいる、古い洋風に見せる造りの窓から、明かりの点《つ》いていない廊下へと、くすんだ光が入って来ている。

　そんな暈《ぼ》けた景色の中を、二人はただ、黙って歩いている。しかしそれは気まずい沈黙では無く、もっと別の、言葉にする必要の無い空気が互いの間にあった。

　二人は、歩く。

　そうやって二人は、しばらくの間ただ黙々と歩いていたが、そのうち武巳が、ぽつりと口を開いた。

「……稜子」

「うん？」

　稜子が、軽く振り返る。

「ありがとな」

「…………………ん」

　何が、とは、稜子は聞き返さなかった。武巳も説明しなかった。必要が、無かった。

　二人は専門教室棟の鉄扉を開け、一号校舎へ続く渡り廊下に出た。

　扉を開けた瞬間に冷たい風が吹き込み、外の枯れた空気の匂いが周囲に広がった。

灰色の空が、武巳と稜子の頭上に広がっていた。それはこの先どうなるか見当も付かない、武巳達の先行きを暗示しているかのようでもあった。

「……寒いね」

稜子が、渡り廊下を吹き抜ける風に、呟いた。

「うん、そうだな」

武巳は肩にかけたバッグを引き寄せるようにして、身を縮めて答えた。

「食堂のホールなら、まだあったかいよな」

「そうだね」

「じゃあ、とりあえずそこに行くか」

「うん」

そして二人は、渡り廊下への小さな階段を降りる。

その一歩は、二人にとって象徴的なものと言えた。

些細《ささい》な事だが、どうなるかも判らない道行きに、二人だけで踏み出した瞬間だった。

二人で決めて、空目達の所では無い場所に向かおうとした瞬間。今、この時に、初めて感情にも衝動にも駆られずに、二人は二人だけで、足を踏み出した。

「稜子」

渡り廊下に足音を刻みながら、床を見詰めて、武巳は言葉を紡いだ。

「これからどうなるか判らないけど、おれ、がんばるから」

「うん」

「どうすればいいのか、判んないけど……」

「大丈夫だよ」

「うん……がんばるよ」

「うん。大丈夫」

そう答える稜子の声は、ただ穏やかだ。

稜子は「何を」とも、「どうする」とも、武巳には訊ねなかった。

ただ稜子は、武巳の言葉を受け入れただけだった。

今の武巳に必要なものが、全て解っているかのようだった。特別な能力も無く、絶対の自信も無い武巳にとって、これこそが必要な、二人での出発の形だった。

だが――――


「まあ、待て」


その門出は、突如かけられた声によって、水を差された。

「！」

「ふふん。そう怯《おび》える事もあるまい」

突然の声に慌てて振り向いた二人に投げ付けられたのは、その響きに傲慢な笑みを含んだ、しわがれた少女の声だった。

今しがた二人が出て来たばかりの、専門教室棟の扉。二人を呼び止めた声の主は、いつの間にかその鉄の扉を開けて、その扉に寄りかかるように手を添えて、重く静かな笑みを浮かべて立っていた。

「……………！」

「怯えたあとは怖い顔か。表情豊かな事だな」

少女が言う。黒くくすんだ銅《どう》の色に塗られた扉を開けて立つ、制服のブレザーを着た、背の低い少女が。

その幼さを残した顔に、非対称に歪んだ老獪な笑みを浮かべて。

浮かんでいるのは、左目だけをひどく顰《しか》めた、あの笑い。

「良い事だ。感情は美徳だ。それが理性に制御されているうちは、だがな」

嘲《あざわら》笑う。

その木村圭子の顔に浮かべられた笑みこそ、あの〝魔道師〟小崎摩津方の、歪んだ超越性を湛《たた》えた笑みだった。

「………何の用だよ」

武巳は風の吹き抜ける渡り廊下で、そう応じると、摩津方へと向き直った。毛糸の帽子からはみ出した髪と、上着の裾が、冷たい風に吹かれて揺れた。稜子が身を縮めるようにして、武巳の後ろに下がる。しかしその表情は戸惑いが多くを占めていて、今までその身を支配していた相手に対しての、怯えとか恐怖とか怒りとか、そういった何がしかのはっきりした感情を持っている様子では無かった。

実感が、無いのだろう。

それでも武巳は、稜子を庇《かば》うように摩津方との間に立った。

摩津方はそんな武巳を、どことなく楽しげな表情で見やる。そして口元を老獪に歪めると、再びその圭子の口を開く。

「なかなか懐かぬなあ。そう邪険にするな」

くくく、と摩津方は笑った。

口ぶりからすると冗談のつもりだろうが、それは武巳には理解不能なユーモアだった。無言で睨み付ける武巳の視線を、摩津方は平然と受け止める。片手で扉を押さえた立ち姿の少女が、歪んだ老人の笑みを浮かべて、数段上がった校舎の上がり口から、渡り廊下の武巳を見下ろす。

「だから、一体何の用なんだよ」

武巳は、重ねて訊ねた。

「流石に守りたいという女の前では威勢が良いなあ？」

摩津方はその武巳の問いに、楽しそうに目を細めた。うっ、と武巳は怯《ひる》む。

「くく、まあ良い。用件は知れた事。この先の、お前の事だ」

「……おれ？」

「もはや帰る場所の無いお前の、最後の拠《よ》り所《どころ》だぞ？　私は。お前一人で何ができるか考えてみるがいい。自分が一番わかっておるだろうが」

摩津方は言う。嘲笑うかのような物言い。しかし武巳には反論の余地など無かった。それは武巳にも分かっていた。

「お前だけで、そこの娘が守れるか？」

「……」

武巳は目を伏せる。全くその通りだ。

空目ですらどうにもならないと感じたからこその、この裏切りだった。

ましてや武巳など何の力も無い事は、分かり切っている。だからこそ恐らく武巳の知っている限りにおいて最も大きな〝力〟を持つ一人である、この目の前に居る少女の姿をした魔術師の裏切りの誘いに乗ったのだ。

「……」

武巳は、黙って唇を噛《か》むしか無い。

そんな武巳を見やって、摩津方は言う。

「そうだ。それでいい。お前は物分かりが良いな。人には〝天分〟というものがある。それはお前の責任では無い」

嗤《わら》う。

「時代が、国が、生まれが、人の〝天分〟を決める。例えばこの時代に生まれた者が、魔術に向かんのも時代の流れよ。だが時に現れる天才や、架空の主人公なぞを見て、人は勘違いするのだな。天の才を持つ者の語る理想を、天の配剤で成し遂げた事を、つい自身にも実現可能なものと錯覚してしまうのだ。

そんな哀れな連中と引き換えれば———小僧、貴様は愚かだが、賢い人間だ。自分の分を知っておるのだからな。大事な事だ。自らの〝器〟の大きさを知らない者は、欲しいものを取りこぼす。自分の欲しいものを知っておって、自分の器を知っておるのだから、もはやそれは賢者と言って差し支えあるまいよ」

そう、武巳を玩弄する摩津方。その言葉の調子は同時に、わずかな慰めの響きも帯びていたが、それが弄びの一部である事も、武巳は疑わなかった。

「武巳クン……」

稜子が、武巳の上着の袖を握った。

それを感じた武巳は挫《くじ》けそうになる意思をかき集め、再び顔を上げ、摩津方へと向けて言葉を返した。

「解ってる……解ってるよ、自分の立場くらいさ」

「ふむ？」

「釘《くぎ》を刺しに来ただけか？　それとも——また何かやらせるのか？」

「いや、今は違うな。忠告に来たのだよ。お前のこの先についてな」

摩津方は武巳の問いにそう答えると、不意にその表情から、笑みを消した。

訝しげに武巳は、眉を寄せた。

「忠告？」

「そうとも。このままではいかんぞ」

そう言われた瞬間、武巳は自分の中の不安と無力感に触れられた気がして、思わず声を荒らげた。

「そんなこと解って……！」

「違うわ。早合点《はやがてん》しおって。お前そのものの事でも、その娘の事でも無いわ。そんなものはどうでも良い」

面倒臭そうに手を振る摩津方。

「は？　じゃあ何が……」

「〝あれ〟は、いずれお前にも累が及ぶぞ。その前に、決めねばならんという事よ。お前がどうするかを」

　何を言われているのか、武巳には分からなかった。

「……〝あれ〟って、何だ？」

　武巳が問う。摩津方は、目を細め、稜子を指差した。

「お前はその娘のために仲間を切り捨てた」

「う……」

「大きなものを切り捨てた。身を切った。こうなってしまった以上、もはや危険要素はできるだけ切り捨てたかろう？　次はどうする？　と問うておるのだ。切り捨てるのか？　しないのか？」

「つ、次？」

「分からんのか？」

　呆れたように摩津方。そう言われても武巳には分からない。圭子の姿をした摩津方の口元が皮肉げに歪められた。

「忘れたか？　私が〈護符〉を送った夜の事を。お前は自分の部屋を妖物が歩き回っても平気と見えるな」

「は？」

「原因も気にならんと見える」

いや、忘れている訳が無い。あんなもの、忘れられる訳が無い。平気な訳でも無い。それに原因も判っている。

「そんな、平気なわけ……それに、あれは、俺に憑《つ》いてる〝そうじさま〟で……」

「ははあ、そんな事を思っておったのか。鈍いなお前は」

摩津方は合点がいったとばかりに鼻で笑った。

「今までお前の抱えておった妖物が、前触れも無くそんな悪さをしたか？　違うわ。一度自分の部屋を調べてみるのだな。間違い無くお前の〝それ〟とは関係の無いものが見付かるだろうよ。自分の周りの〝怪異〟が、全て自分が原因だと思っておるのか？　全くとんだ自意識過剰だな」

「……！」

呆然《ぼうぜん》と、武巳は少女の姿をした魔術師を見上げた。

「そ、それじゃ、一体……」

「知りたければ部屋を探せ。いいか、よーく探すのだぞ？」

摩津方は答えは言わず、言った。

「必ず〝それ〟が見付かるだろうからな。そうだな……クロゼットなぞ、あり得る話だ。自分の持ち物でない場所まで、ちゃんと探せよ？　どうせお前の事だ。自分の部屋の隅々まで、完全に把握しておる訳ではあるまい？」

「…………………!?」

………

3

二十分後。

武巳は、自分の寝起きする寮の建物の前に、一人立っていた。

ここまで走って来たせいで、武巳の吐く息は荒い。息は冷たい空気に触れて端から白く変わり、漂う端から拡散して、山の空気に解けて、消えて行った。

時間は過ぎ、すでに生徒は登校を始めている時刻だった。

通学路を引き返す間、武巳は多くの生徒と行き違いながら、ここまで戻って来ていた。

武巳の前に立ち並ぶ寄宿舎風の寮からは、武巳と同じように白い息を吐く生徒が次々と出て来ている。皆は鞄《かばん》を持ち、外の空気の冷たさに顔を顰めながら、武巳が途中ですれ違った多くの生徒と同じように、学校へと歩いて行く。

朝の、いつもの光景だった。

だが、そうやって皆が学校へと向かう中、武巳は一人だけ全く逆に、人のざわめく寮の中へと足早に入って行った。

表情は、緊張に強張っている。

それは何か忘れ物をして慌てて戻って来たようにも見え、事実周りの生徒はそのように受け取って、特にそんな武巳の様子を、深く気に留《と》める者は居なかった。


「…………」


武巳は自分の部屋を検《あらた》めるため、戻って来ていた。

あの摩津方の言葉を受けた武巳は学校に稜子を待たせ、沖本にも何も言わず、急いで寮まで戻って来た。

自分の部屋で起こっていた、あの〝怪異〟の本当の原因を調べるため。武巳は今まで自分の周りに起こった〝怪異〟の原因が、自分の抱える〝そうじさま〟に起因するものだと、まるで疑う事無しに、そう考えていたのだ。

少なくとも、今まではそれで間違い無かった。

だから武巳は自然にそう考え、全く疑いもしなかった。

あの夜に武巳の部屋に現れた気配と足音も、武巳は同じものだと考えていた。しかし武巳のその思い込みを、摩津方はつい先程、あの例の歪んだ笑いと共に、ばっさり否定してしまったのだ。

調べてみろ。

そう摩津方は言った。

武巳はその足ですぐさま学校を出て、ここに来た。

同じ寮に住んでいる生徒達とすれ違いながら、武巳はホールを抜けて大股に廊下を進む。寮の一階奥、武巳の住む部屋のドアは、ほどなくして武巳の前に、その見慣れた古めかしい造りの姿を現す。

ポケットから鍵を取り出し、ノブに差し込んで、もどかしく回した。

ドアを細く開けると、自分の部屋の空気の匂いが、武巳の嗅覚に流れ込んだ。

毎日寝起きしている、隅々まで知り尽くした部屋の匂い。いや、その筈の部屋に、武巳はふと嫌な予感を感じて、ドアを開ける手を止めた。


「…………」


顔半分ほど開いたドアの隙間から、部屋の中が垣間見《かいまみ》えた。

カーテンの閉まった部屋の中は、殆ど明かりが無いため、濃い灰色に染まっていた。

ただ、ここから見える床も、壁も、家具の一部も、薄闇の中で、何の変わりも無い。少なくともそう見えた。だが、ノブを握る武巳の手は、そのままドアを開けるという動作を、どうしてもこれ以上、続ける事ができなかった。

「…………」


ドアノブを握ったままの格好で、武巳は、動きを止めていた。

何か、胸の奥底に湧き上がっている、得体の知れない感情が重く密度を増し、武巳の手を鈍らせていた。

それは形容するなら黒くて重い靄《もや》のようなものが、胸の中に広がって行く感覚だった。心臓の辺りに、黒く、重く、靄が広がって、鼓動を圧迫しているような、そんな生重く、息苦しい感覚だった。

それは、〝怖《おそ》れ〟と、〝不安〟が、混合した感覚。

それから〝違和感〟。目の前にある、見慣れたいつも通りの部屋に、何故だろうか、違和感が止まらなかった。

影に沈んだ部屋の光景に、嫌な予感が止まらない。

何かが見えている訳では無く、何かの根拠がある訳でも無く、しかし確かにこの肌で感じている、そうとしか言いようの無い、その、確信。

何かが、待っている。


こうして学校から帰って来た、その部屋に、〝何か〟が居る。

誰も居ない筈の自分の部屋に、微《かす》かに感じる、その気配。気配は室内から流れ出す空気に混じって、はっきりとその存在を、皮膚感覚へと伝えて来る。

視覚以外の感覚だけが、まだ見えない部屋の中を知覚している。

薄闇に包まれた、部屋の中を。

そこに居る、何かの気配を。

ドア越しに感じる、部屋の中に立つ、その気配を。


「…………」


怯え。竦《すく》み。

目の前に、明らかに感じる異常。

それでも、ドアを開け、中を見なければならなかった。

そのために来たのだ。こんな事になるとは思っていなかった。自分のものでなくなったような、震えて萎える手の感覚。その手にゆっくりと力を入れて、少しずつ、部屋のドアを開けて行った。

――ふーっ……ふーっ……

自分の息の音。
そろり、そろりと、ドアが開いて行く。
ドアの隙間が、手の震えで揺らぎながら、少しずつ広がって行く。それに伴い廊下の照明が部屋の薄闇に、一条の光となって射《さ》し込み、広がって行く。

――ふーっ、ふーっ、

照らして行く。
電灯の鈍い光が、床を切り裂くように。

――ふーっ、ふーっ、

露わにして行く。
光の帯が広がりながら、部屋の中を、徐々に、徐々に。
――ふーっ、ふーっ……
ふと、光が、それをかすめた。
見えた。
部屋の真ん中に立つ――靴を履いた、足。
瞬間。
肩を摑まれた。
「わあああああああああああああっ‼」

叫んだ。心臓が跳ね上がり体毛が逆立って、悲鳴を上げた武巳は反射的に、肩に乗ったその〝手〟を振り払った。

飛び上がり、逃げようと振り返った武巳はバランスを崩して、腰が抜けたように転んで、ドアに激しく体をぶつけた。大きな音が響き渡り、武巳はそのまま床にへたり込み、恐怖に引《ひ》き攣《つ》った表情で見上げた先には、武巳以上に驚いた表情をした隣室の同級生が、呆然と廊下に立ち竦んでいた。

「…………………！」

「…………………！」

武巳とその生徒は、目を合わせたまま、しばらく固まっていた。

彼は武巳に振り払われた手を遣《や》り場《ば》なく宙に浮かせたまま、床に座り込んだ武巳を、困ったような表情で見下ろしていた。

「………あー……近藤。悪りぃ」

気まずそうに言う彼に、武巳はさらに気まずい思いで答える。

「えーと……ごめん」

「いや、なんか脅かしたみたいで済まん」

「いや……」

そして再び言葉に困って、お互いに視線を逸らした。

そのうちに、武巳の悲鳴と物音を聞き付けた生徒が廊下に顔を出し始めた。それに気付いた武巳は慌てて床から立ち上がり、彼もバッグを肩に掛け直した。

「じゃあ、俺、行くわ……」

「あ、ああ」

そこそこに言い交わし、武巳は部屋へ、彼は玄関へと去った。開け放たれたドアから部屋の中が見えたが、つい今しがた見えた気がした誰かの〝足〟は、部屋の床のどこを見ても存在していなかった。


「…………」

薄暗がりに沈む、いつもの部屋が、そこにはあった。

入口から部屋の中央を睨んで、武巳はしばし、その場に立っていた。

あの薄闇の中に、ほんの一瞬だけ照らされて見えた、あの〝靴〟。見えた気がしたのは一瞬で、〝足〟の持ち主らしき姿も見ておらず、こうして見ていても何も居ない。目の錯覚だと思いたかった。

そう信じたかった。

だが——いくら武巳であっても、そんな楽観を、希望を、頑《かたく》なに信じられるほど、状況は甘く無かった。

刹那とは言え、生々しい存在感を持って見えた、その〝足〟。

確かに立っていた。そう信じるしかなかった。そのように信じるべきだった。今は。

武巳は怯えながら、自分の心臓の音を聞きながら、そろりそろりと部屋の床を踏む。そして
あの〝足〟があったと思われる床を、部屋に降りた影を、じっと見詰めて、部屋を、闇を、空気を、気配を、肌に触れる感覚を——じっ、とひたすらに探る。

「…………」

静かな、部屋。

薄闇の中には、何かが動いているような気配は無い。

何かが居る気配も無い。武巳は部屋の床から目を離さずに、ドアの脇に手を伸ばして、手探りでスイッチを入れて、部屋の電灯を点ける。

ぱちっ、

と蛍光灯が瞬いて、部屋を満たしていた影が消え去った。

部屋の全てが、目の前に露わになった。

やはり床には、何も居なかった。

痕跡も無い。

武巳はそこでようやく張り詰めさせていた気を、集中させていた視線を緩めて、睨み付けるように見詰めていた床から、集中を外した。


「…………!!」


瞬間、ぞわっ、と背筋に悪寒が駆け上がった。

先程まで闇の中に沈んで見えなかったもの、床を見詰めていて見ていなかったものが、たったいま視線が動いた事で目に入った。

クローゼットが開いていた。

影に沈んでいた扉が。

電灯で露わになった、壁に備え付けの扉が。

あの暗い中では気付かないくらい、ほっそりと。

開いている。閉め忘れや、自然に開いたなどという事はあり得ない。あの〝怪異〟から武巳はクロゼットには神経質になっていて、朝ここを出る時にも、ちゃんと閉まっている事を間違い無く確認したのだ。

開いている筈が無い。

『クロゼットなぞ、あり得る話だ』

摩津方の言葉が、脳裏に蘇《よみがえ》る。

まるで、誰かが中の闇からこちらを覗《のぞ》いているかのような、クロゼットの隙間。いや、あるいは何かがここを出入りして、うっかり痕跡を残してしまったかのような、薄く開いている収納の扉。

口を開けた扉から、細く覗く、中の闇。

中が全く窺えない、濃密に満ちている、漆黒の闇。

武巳の喉が、ごくり、と鳴る。しかし口の中はカラカラに乾いていて、喉は何も飲み下す事は無く、嚥下《えんげ》の動きをしただけ。

「…………」

一歩、近付いた。

肌が、ひやりと空気の動きを感じた。

冷気が、隙間から流れ出している。クロゼットの中の暗闇から、明らかに温度の違う、明らかに感触の違う、異質な空気。

「…………」

また一歩、近付いた。

闇の気配が、肌に触れる。

最早《もはや》、異常は明らかだった。肌が粟立《あわだ》ち、瞬きも忘れて、冷たい空気を呼吸しながら、それでもさらに一歩、足を進める。

ほっそりと開いたクロゼットの前に、近付いて行く。

緊張と恐れで、きーんと耳鳴りがするほど、凍った世界の中を。

視界の中に、クロゼットの扉が広がって行く。そしてとうとう、クロゼットの前に、目の前に、立つ。

「…………………………………」


中の闇は、しん、と静まり返っていた。

武巳はそのまま躊躇《ちゅうちょ》する事すら思い付かず、憑かれたように闇が覗く扉の隙間へ、ゆっくりと手を伸ばして行った。

ひどく冷え切った木の扉に、触れた。

そして、そーっと、扉を。

瞬間、ぼたっ、と重く湿った音を立て、扉から白いものが足元に落ちた。

「うわあっ！」

驚き、飛び上がり、そして床に落ちた物を見た武巳は、途端に〝それ〟と目が合って、悪寒と共に一気に血の気が引いた。

思わず一歩引いた武巳は、ようやく〝それ〟が何か把握する。

白い手足を絨毯に投げ出して、〝それ〟は虚《うつ》ろな目で武巳を見上げる。

――大振りな消しゴムを削った、白い〝人形〟。

ひどく写実的に作られた〝人形〟が、死体のように。
その〝人形〟の無表情な目に、武巳の背筋には怖気《おぞけ》が走った。自分の部屋に転がった、自分の知らない不気味な物体を見詰めながら、武巳はその場を動けずに――――ただ遠く聞こえる部屋の外の音を、別の世界の事のように、呆然と聞いていた。

十章　座敷童

1

時が過ぎ、昼休みになった学校。

晴れない雲の下でも休み時間の学校は、この日もまた、明るい喧騒《けんそう》に包まれていた。

明るく、そして騒々しくもある活気に覆われた学校の生活。しかし天気のせいだろうか、この日の活気は、どことなくだが、うっすらとした影を帯びているようだった。

光を光と認識できないくらいの、曇り空越しの淡い陽光。

そんな鈍い光に煙るように照らされている、山と校舎と、生徒。

一見して、淡い平穏。

ただ、世界を満たす光が淡いという事は、同じだけの影が世界を満たしているという事と、同じ意味だ。

「でさ、俺は思うんだけど……」

「……」

「話聞いてるか？　武巳」

「へ？　あ、ああ……」

　そんな景色を窓越しに眺める食堂の一角に、武巳は居た。

　武巳はこの昼休みの時間、稜子と沖本、そして圭子と共に、窓際にある四人掛けの席を一つ占有していた。

　食堂は照明に照らされて、昼間である筈の外よりも明るい。

　昼休みを過ごす生徒で賑《にぎ》わい、歓談の声と、食事の匂いと、ひしめく生徒の体温で、一杯になっている。

　そんな中、武巳達四人は、空の食器をテーブルの端に寄せて、飲み物などを置いて雑談していた。周りと同じに。だが、同じにしているつもりの武巳だが、その内心は、実の所、それどころでは無かった。

「おいおい、しっかりしろよ」

「あ、うん……」

　そう沖本と話してはいるが、その間もずっと、武巳の内心を支配して渦巻いているのは、重苦しい〝疑念〟だった。

「何か変だぞ？　お前」

「そんな事ないと思うけど……」

葛藤のせいで、まるで頭に入らない会話に受け答えしながら、武巳は普段と全く変わらない様子の沖本の顔を、見詰める。

疑念。

それは武巳の部屋にあった、あの〝人形〟の件だ。

武巳の部屋にあった、武巳の知らない〝人形〟。武巳の知る限り、それが意味するところは一つしか無いのだった。

どう考えても、〝どうじさま〟以外にはあり得ない。

それが知らない間に、武巳の部屋のクロゼットの中に。

もちろん武巳では無い。武巳は持ち込んでいない。

だとしたら、どこから来た？

人形が動いて、部屋に忍び込んで来たのだろうか？

それとも異常な現象で、何も無い所から湧き出したのか？

あるいはもっと現実的に、誰かが部屋に忍び込んで、置いて行ったのだろうか？

いや。

もっと単純な可能性があった。

「………」

武巳はじっと、目の前に座っている男の顔を見た。

＊

昼休みが終わって予鈴が鳴り、生徒達が教室移動を始めた頃。

俊也と空目、あやめが文芸部の部室を出ようとした時、その〝彼〟は突然現れた。

「……ちょっと、いいか？」

部室のドアを閉め、まさに出発しようとしていた俊也達に、彼はそう声を掛けて来た。空目が顔を向け、俊也とあやめが振り返ると、彼はクラブ棟の廊下に立ち、じっと俊也達へと視線を注いでいた。

「いいかな」

「ああ」

訝しげにする俊也の前で、彼が確認し、空目が頷いた。

「何かあったか？　沖本範幸」

「ああ、えーと……」

突然現れた〝彼〟――沖本範幸は、空目の答えにふと視線を外すと、少し困ったように頬を指で掻いた。

「あの子……木戸野さんが、居ないね」

「今は別行動だ」

「そっか」

「あいつに用か？」

「いや……違うんだ。関係ない。ちょっと気になっただけでさ……」

そう言う沖本の様子は単に話を引き延ばしているようで、どうやら話を切り出すのを迷っている、そんな風情だった。

「何か、異常があったのか？」

空目が、そんな沖本に対してにべもなく、本題を促した。

「あー……」

沖本は迷いつつも、そこでようやく、話を切り出した。

「……何も、無いんだよな」

「何？」

「何も無いから、困ってるんだ。なあ、もしかしてだけど、ひょっとしてだけど、あんた達さ、もしかして、木村ちゃんのやつだけじゃなくて、俺のや、ってる方の〈儀式〉まで一緒に祓《はら》ってないか？」

「!?」

その躊躇いがちに、視線を外しながら沖本の言った言葉は、聞いていた俊也を驚愕《きょうがく》させ、場の空気を一気に凍らせた。

「何だと!?」

「……」

思わず俊也が声を上げ、空目の無感動な目が、すっと細められた。

沖本はその反応に、皆から視線を外したまま、少し困ったように言葉を続けた。

「いや、さ、こういうこと言うのは変だと思うんだけど、木村ちゃんを助けてくれた事は、俺ほんとに感謝してるんだよ」

「……」

「でもさ……もし俺の事まで何かしたんなら、それ、やめてくれないかな。俺は好きでやってるっつーか、望んでやってるっつーか……とにかく困るんだよ。このまま、ずっと、何も無いとさ……」

「……!?」

突然の発言に、俊也は沖本の言っている事を、一瞬理解する事ができなかった。想像もしていなかった言葉に、俊也の思考は一瞬その類推を拒否したが、そんなあまりにも唐突な言葉を吐いた当の沖本は、ごく普通の相談をしに来たような、少しだけ言い辛《づら》そうな様子をしているだけだった。

空目はそんな俊也の驚愕を余所《よそ》に、ただ眉を寄せて、沖本を見ている。

そして一言、空目は静かに口を開いた。

「知らんな」

「そっか……」

沖本は小さく溜息を吐いて、頭を掻いた。そして、目を上げて空目を見ると、

「本当に？」

ともう一度、念を押す。

「知らん。何もしていない」

「ん、分かった」

空目の答えに、沖本は短く言うと、視線を床に下ろした。

沈黙が落ちた。その沈黙は俊也からすると異常な状況としか言いようが無かったが、当の沖本は気付いていない様子で、また空目も平然とした態度で、いかにも当たり前のように会話を続けた。

「どういう事だ？　話を聞いてもいいが」

「……」

空目が言うと、半ば諦めた表情をしていた沖本は逡巡《しゅんじゅん》し、しばし迷い――――それからやがて、ぽつりと答えた。

「……〝あいつ〟がさ、来ないんだよな」

視線を落としたまま、落ち着かなさげに顔に触れながら。

「来ない？」

「そう、来ないんだよ。あの…………あー……〝奈々美〟がさ」

いかにも言いにくそうに沖本が言った名前。俊也は驚きはしたものの、最初ほどの驚きは無い。その名前を聞いた瞬間、そういった方向の想像力に欠けている俊也にさえ、容易に状況が想像できたからだ。

ただ、その驚きは確かに弱くはなっていたが、最初のものとは明らかに違う、もっと冷たいものになっていた。

「その前はさ、来てたんだよ」

俊也が向けた、戦慄と警戒の目。その視線に気付かない様子で、沖本はぽつりぽつりと言葉を続けた。

「最初の晩だけは戻って来たんだ。一昨日の晩だけ、奈々美はさ」

俯き、沖本は訥々《とつとつ》と語る。

「嬉しかった。たった一日だけだけど、戻って来たんだ」

訥々と。その言葉は沖本の表情が見えない事と相まって、どことなくうわごとのようにも聞こえた。

「会いたかったんだ。会いたいんだ」

「お前は……」

俊也は詰問か、糾弾か、どうしようとしたのか自分でも判らないまま口を開きかけた。だが沖本の俯いた影から垣間見えた、目を見開いて瞬きもせずに、じっ、と床を見詰めているその鬼気迫る顔を見て、小さく呻いて口を噤んだ。

そんな沖本に、空目はただ頷いた。

「そうか」

空目はあの感情の見えない目で沖本を見ながら、静かに沖本へと、今しがた俊也の詰問しようとした問い掛けと、同じものを口にした。

「だから――実行したのか？　〝どうじさま〟を」

「ああ」

あっさりと答える沖本。

「だってさ、俺の〝欠け〟なんか、考えるまでも無いじゃんか。そうだろ？」

「……」

その言葉は問い掛けのようだったが、そうでは無かったし、空目も答えなかった。沖本は床の一点を見詰めたまま、ただ淡々と、口を開くばかりだった。

「木村ちゃんの〝欠け〟が〝水内《みずうち》〟だって事にも、俺はすぐに気付いたよ」

沖本はそのまま、驚くべき言葉を続けた。

「木村ちゃんの話が詳しく判って来て、話を聞いてるうちに、すぐ気付いた。これは木村ちゃんが気付いて無いだけだなって。自分の本当の〝欠け〟が何で、自分が〝何〟を呼び出そうとしてるのか、自分で気付いて無いから、怖がる羽目になってるだけだってさ」

「……！」

「可哀想《かわいそう》にな。でもあれだけ怖がってたら、もう手遅れだと思ったから、俺は木村ちゃんにそれは教えなかった。木村ちゃんは怖がりだから、そんな怖がってるモノを後から水内だって教えても、可哀想なだけだと思ったんだよ。

ショックだろうしな。あんた達に頼んで追っ払って貰《もら》うのが一番いいだろうって。でも、逆に思ったんだよ。木村ちゃんには悪いけど、つまり、効果があるって。ヤバそうなおまじないだから、きっとすっげえおっかないモノが来るんだろうなとは思った。木村ちゃんの様子を見ても間違い無い。でも最初から知ってれば、怖がる必要なんか無い」

下を向いたまま、沖本。

「だって――――どんなおっかない姿のモノが現れたとしても、〝奈々美〟なんだぜ？」

淡々と。

「怖がる事なんか、何も無いじゃんか」

だが徐々に、想《おも》いが溢れるように、声を大きくして。

「だから――――やったんだ。〈儀式〉を、聞いた通りにさ。ただ、会いたいだけなんだ、俺は！　本当に、それだけなんだよ！」

そして沖本は突然そこで言葉を区切ると、一瞬沈黙して、それからゆっくりと、俊也達に向けて視線を上げた。

「なあ――――何か文句、あるか？」

そして、沈んだ、底冷えのする声で、沖本はそう言った。

不意に、再び俊也達に対する疑念にでも囚《とら》われたのか、睨《ね》め上げるそれは、疑うような澱んだ眼差しだった。

今まで訥々と語りながら、訥々と漏れ出していた感情の本体が、その据わった目の奥に覗いていた。澱み、煮凝った激情。今朝見た沖本のどこに潜んでいたかと思うほど、強く濃縮された凄《すさ》まじいまでの感情が、そこには存在していた。

「…………‼」

俊也の額に、冷たい汗が伝った。

目の前にあるモノに対する、本能的な、決定的な違和感が全感覚を襲った。

それはあらゆる人の目の前に広がっている〝正常〟な世界の中で、何かの〝異常〟を見た時の違和感だ。俊也達を見ながら俊也達を見ていない、どこか焦点がおかしい沖本の瞳が、その異常性からなる違和感を、全力で発していた。

豹変《ひょうへん》。

まともな人間だと思っていた沖本の、その豹変を目の当たりにして、不意に俊也は、悟らざるを得なかった。

今まで俊也が正常だと見ていた世界は、全てが全て薄い〝皮膚〟でしか無かったと。正常だと思っていた全ての目に見えるものが、実はその下で異常を孕《はら》んでいる可能性がある事を、頭では分かっている積もりでいたが、それが紛れも無い真実であると、五感の全てで理解せざるを得なかった。

沖本の目を見ているうちに、世界の形状と色彩が、急に歪んだ気がした。

気付いた。目の前にあるこの世界は、〝固体〟では無いのだと。

不確かで不定形。手を伸ばしても、触れようとしても、殴り付けても、その手応えの全てが錯覚。ただひたすらの虚無と混沌《こんとん》。その中を皆が確かな現実と真実だと思い込んでいる薄皮ばかりが無数に浮かんでいる。

何も定かで無い、何も信頼できない、本当の世界の姿。

そして、そんな垣間見えた世界は、空目が見ている世界と同じなのかも知れないと、半ば本能的に思い至った。

自我。自信。そんなものを確かにしたくらいでは、不安と恐怖に決して耐えられない、自分も他人も不確かな世界。

全ての正常と安定が〝まやかし〟でしか無いという、真実の世界の形。全てが歪んで狂って死に行き、いかなるものにも異常と死が隠されている、こんな世界の認識に耐える事ができるのは、死への怖れが根本的に存在しない、そんな者だけだ。

怖れていない、では、絶対的に足りない。

自分自身の存在も、誇りも、プライドも、感情も何もかも、全ての実在を否定し尽くした狂人のみが、正常な精神で存在できる世界。

真実の世界を、俊也は覗いた。

目の前の沖本から——ごく普通の人間が宿した、悲劇と悲嘆と歪曲《わいきょく》の奥底から、俊也はそれを幻視した。

「…………！」

黙って、空目を見た。

まともな人間では目を合わせられないか、視線を外せなくなるであろう沖本の視線を、空目は平静な表情で、静かに見返していた。

俊也達を見る目と、変わらない表情。

理解する。空目にとっては、それらは〝同じもの〟なのだと。

空目が、口を開いた。


「文句など無い」


そして沖本の狂気の訴えを、あっさりと認め、受け流した。

「おまえ自身が望んでやっていて、他の者に影響が無く、耐えられない訳でも助けを求めている訳でも無い。口出しをする理由が無い」

「……本当か？」

「木村圭子の件は、そうするよう頼まれ、本人もそう望んだからだ。お前の件はどちらでも無いし、そもそも初耳だ。もしも〈儀式〉が失敗しているなら、原因は別にあるか、何かの錯誤があるか、偶然に過ぎないかだ」

空目が言い切ると、ふっ、と沖本の瞳から、あの強烈な感情の色が抜け落ちた。

「そっか……」

沖本は、再び俯いた。

「そもそも俺達も、まだ〝どうじさま〟については正確な事が判っていない」

「そっか……そうだよな……」

肩を落とす沖本。だが再び顔を上げた時には、まるで今朝と変わらない、皆の知る沖本範幸の顔になっていた。

「あー………すまん。疑って悪い」

沖本は、今までの事が嘘《うそ》だったように、苦笑いのような顔をして言った。

「すまん、あんた達しか心当たりが無かったんだ。ごめんな」

「気にする必要は無い」

屈託なく謝る沖本に、空目が無表情に答える。

「いや、俺が気にするんだって。いつか埋め合わせするよ」

「……好きにしろ」

「ああ、いつかな。じゃ、俺、授業行くわ」

そう言うと沖本は腕時計を見て、「やべっ」と一言呟き、笑顔を残して駆け出した。

その沖本の姿が視界から消えないうちに五限開始のチャイムが鳴り出し、その音は、ぽつんと廊下に取り残された俊也達を包み込んだ。そして響き渡るチャイムの音が余韻も残さず消えてしまった後、ただ音のない静寂だけが、廊下の虚ろな空間に残された。

「…………」


俊也達三人は、黙ってそこに立ち尽くした。

しばし誰も動かず、俊也は沖本の消えていった先を、ずっと睨み続けていた。

やがて時間が過ぎ、俊也が空目へと視線をやると、空目とあやめは静かに並んで、まだ沖本の去って行った方向を見詰め続けていた。

「空目」

俊也は声をかけた。だが空目とあやめが俊也を振り返った、その二人の表情を見た瞬間、俊也は話そうとした言葉を忘れた。

無感動で冷徹な空目の表情と、どこかぼんやりとした、あやめの顔。俊也は全く違う二人の表情に、同じ何かを見た。

共に〝異界〟に何か心を置き忘れて来たような。

そんな、明らかに〝何か〟が欠落している表情。

二人の全く違う顔は、ひどくよく似ていた。

「どうした？」

黙り込んだ俊也に空目が訊ねたが、俊也は聞こうとした沖本についての問いを、あっさりと投げ出した。

「いや……いい」

訊《き》いても意味が無い。そんな気がした。

空目はそんな俊也の撤回を、全く追及しなかった。

「そうか」

それで、この話題は終わりになった。

俊也は密かに拳を握り締め、口元を真一文字に引き結ぶと、廊下の窓の外に広がっている学校の景色を、睨み付けるようにして見下ろした。

人が行き交う、学校の景色。

たくさんの薄皮がその内に〝何か〟を満たして、眼下を行き交っている景色。

……………

2

学校が昼休みを終えて、とうに五限目を始めている時刻。

羽間市郊外のとあるマンションの前に、学校を抜け出した、木戸野亜紀は立っていた。

灰色の空を背にした、のっぺりとしている造りのマンションを、亜紀は一人で、コートのポケットに手を突っ込んで見上げていた。それほど強くは無いが肌寒《はださむ》い風が、見上げる亜紀の頬を撫《な》で、髪の先を揺らしていた。

ずっと風の音が、耳に触れている。

そんな途切れる気配の無い風の中でも、空を覆う大量の雲は、吹き散らされる事なく、絶えず表面を渦巻かせている。

亜紀は山から吹き降ろすそんな風に吹かれながら、寒そうに両の手を握り締めて、服の中の身を縮ませた。ポケットに入れられた亜紀の右手の中には一枚の紙切れが握り潰されていて、そこにはこのマンションまでの道筋と、先程確認したばかりのマンションの名前が、亜紀の字によって小さな字でメモ書きされていた。

「ここの四〇四号室、か……」

亜紀は一人、誰にともなく呟いた。

目を細めて見上げる、あまり視力の良くない亜紀の視線が、寒々しいコンクリートを晒《さら》しているマンションの壁面の、四階に並ぶ窓をなぞる。

駅前からバスに乗ってやって来た、上羽間という名の土地。亜紀はここに来るのは初めての事だったが、このマンションで行われていた事については、今まで何度も話題にし、また何度も話に聞いていた。

ここには、ある〝占い師〟が居る、と。

この日、四限の始まった頃に学校を出た亜紀は、そのまま街に出て、一人でここまで足を向けて来た。

木村圭子から聞いた、訪れる生徒達に〝どうじさま〟のおまじないを教えていたという〝占い師〟が居るマンション。ここには一度、空目と俊也の二人があやめを連れて訪れていたが、その時は〝占い師〟の部屋は留守で、二人は誰にも会えず、何も判らないまま帰ってしまっていた。

亜紀が来たのは、空目達に続く二度目の調査としてだ。

今まで亜紀達が調べていたのは木村圭子から始まった事件だったが、便乗した小崎摩津方が起こした〈儀式〉によって、肝心の〝魔女〟への糸口を見失ってしまった。

そのため空目達は、この事件について、殆ど最初から洗い直す事になってしまった。そんな調査のためにやって来た亜紀ではあるが、こうしてマンションを見上げる表情は、真剣さや緊張では無く、どこか気だるさに近いニュアンスの方が強く出ているものだった。

「……まあいいけどね。無駄足でも」

独り言を呟く、亜紀。

ここは亜紀が志願してやって来た場所ではあったが、実のところ亜紀はもちろん、空目達ですら、今更この場所に何か手掛かりがあるとは考えていなかった。

空目達が一度来て、無駄足を踏んだ事だけが理由では無い。学校の噂ではここの〝占い師〟は突然廃業したらしく、亜紀達もこの場所は、とっくに引き払われてしまったのだろうと結論していたのだ。

ここに亜紀が来たのは、あくまでも念のため、だった。

すでにこの場所に〝占い師〟が居るとは思っていなかったが、それでも数少ない手がかりの一つとして、このマンションを調べざるを得なかった。

もし、この先しばらく何の進展も無ければ、何とかして部屋に忍び込む事も考える必要があるかも知れない。しかし、そうするにしてもそれはあくまで最後の手段で、また仮にこの先忍び込んだとしても、部屋に何かが残されている可能性は限りなく低かった。

亜紀が一人で来たのも、危険は無いだろうという判断ゆえ。

予告されている〝魔女〟の〝夜会〟とやらがあるにしても、危険はむしろ学校の方で、こんな引き払われてしまった拠点では無いだろうと思われた。

それでも可能性の一つとして、ここを捨てる訳にもいかない。

亜紀がここに来たのはそんな小さな可能性と、そして後に忍び込む事態になった時のために建物を下見するという、泥棒まがいの調査を兼ねていた。

「………はぁ」

亜紀は、小さく溜息。

だがその溜息は、自分がここに居る事に対する、憂鬱の溜息の類では無い。

ここに自分が来る事を亜紀が望んだのは、一人で居る事が都合が良いから。と言っても何か企《たくら》みがあるとか、そういう事では無く、単に少し空目達から離れて、一人で居る時間が欲しくなったという、それだけの事だった。

「………」

あの小崎摩津方の事件によって武巳と稜子が離脱した後、亜紀は少しだけ頭を冷やさざるを得なかった。

あの決定的な事件に、さすがにいくらかの衝撃を受けた亜紀は、そこから冷静さを取り戻す過程で、ここ最近の自分の精神状態が明らかにおかしかった事に気が付いた。

明らかに、亜紀達を取り巻く雰囲気のようなものに追い詰められていた。それはもしかすると〝魔女〟達による何らかの圧力だったのかも知れないが、それでもこれまでの行いや精神状態は、亜紀が自己嫌悪を起こすのには十分過ぎるものだった。

亜紀はポケットの中にある、左手首に巻かれた包帯の感触を意識して、舌打ちする寸前くらいに口元を歪める。

何をやっていたのだろうと思った。思い返すだに恥ずかしい。

こんな事をして、何の意味があったと言うのか。

そう思う亜紀の心理は、本人の認識とは少し違って、冷静というよりも自暴自棄に近いものだったが、武巳と稜子の離脱と経緯の衝撃はそれくらい、自分の行いの全てが馬鹿馬鹿しく感じてしまうくらいには亜紀の心に無自覚な空洞を穿《うが》っている。

「……はあ。行くか」

しばらく物思いをしていた亜紀は気を取り直し、やがて自分の感情を振り切るように、大股に足を進めてマンションの正面玄関へと入って行った。

常駐の管理人が居ないタイプと思われる、このマンションは建物に入るだけなら自由だ。部屋の前までは行ける。前に来た空目達もそうしていたし、そうやって近所に聞き込みもした。亜紀も部屋までは行くつもりでいる。狭いエントランスにある、エレベーターのボタンを乱暴に押し、降りて来るのを待つ。そうしている間も苛立たしさが募るが、そんな自分の感情も亜紀は腹立たしかった。

こういうふつふつとした感情は、制御が難しいので、亜紀は嫌いだ。

連鎖的にいくらでも湧き出して来て、抑えようとする努力すらも、かえってその感情を意識して逆効果になる。

空目の無感情が、羨ましかった。

あの心のあり方は、まともな人間とは全く別の領域だ。だがそれでも、亜紀はああなりたいと切望する。こんなにも不完全で、不安定な精神は、亜紀がこうありたいと望む完璧な精神状態とは、あまりにも程遠かった。

――こんな私こそ、馬鹿者だ。

亜紀は奥歯を噛《か》み締《し》め、心の中ではそんな言葉を噛み締めながら、階数を降りて来る、エレベーターのランプを睨んだ。

いま一人で良かった、と思った。自分の中でこんなにも感情が強いと、目の前に居る人間に悟られてしまいそうに思えて、そういうのが何よりも嫌な亜紀としては、心の底から落ち着かなかった。

亜紀が睨み付ける中、エレベーターはようやく一階に着いて、短いチャイムと共にその扉を開けた。亜紀が四階のボタンを押すと、エレベーターは扉を閉め、微かな振動と浮遊感を亜紀に伝えながら、静かに上昇して行った。

「…………」

小さな密室の中は、静かだった。

箱の上昇して行く小さな機械音の他は、世界から隔離されたかのような、低い静寂に包まれていた。

外も相当に寒かったが、エレベーターの中も冷え切っていた。薄ぼんやりとした白い蛍光灯の光に満たされて、薄汚れた白い密室は、シューッという静かな摩擦音を立てて、四階を目指して上がって行った。

二階に着き、通り過ぎる。

窓が無いので外は全く見えないが、扉の脇のデジタル表示が、それを伝えた。

三階に着き、通り過ぎる。

無機質な階数表示ばかりが、ただ淡々と昇って行く。

四階に——そのとき不意に、その表示が、ふっと消えた。

「?」

だがそれは一瞬の事で、表示はすぐに四階になった。

ポーンという、小さなチャイムの音。

そして白い扉が、静かに開いた。

「…………………………………………」

はっ、とするほどの暗さが、そこには広がっていた。

四階の、形ばかりの小さなエレベーターホールが扉の向こうに広がっていたが、そこは明るく照らされたエレベーターの中と激しいコントラストをつけたかのように、照明の欠け落ちた影が広がっていた。

ホールを照らす筈の電灯は、切れているのか、沈黙している。

しーんと音の無い空洞が広がっている。このホールは各部屋のドアが並ぶベランダ状の廊下に繋《つな》がり、外とは筒抜けで、空洞でも無ければ暗闇でも無いのだが、ここから見えるホールはあまりにも虚ろに暗く見えた。

いくら曇った夕刻とは言え、早過ぎる夕刻だ。それなのに、あまりにも、昏《くら》い。

「…………」

思わず一瞬躊躇したが、それでも亜紀は、意を決してエレベーターを出た。

あまり留まっていると扉が閉まってしまう。事実、エレベーターの扉は亜紀と入れ替わるようにして、亜紀の背中で、音も無く閉じた。

漏れ出ていたエレベーター内の光が、扉が閉まるに従って、先細った。

消え行く光に、思わず不安になって振り返り――――


そして亜紀は。

次の瞬間、ぎょっ、とその場に立ち竦んだ。


人形が座っていた。

薄闇の中で閉じ、暗く佇むエレベーターの扉の前に、子供の人形が座っていた。

明らかに普通では無い異常な人形だった。それは一体になった二体。二体の双子の人形が畸《き》形《けい》じみた形にぎちぎちに縫い合わされている、おぞましき被造物だった。

女の子の姿をした双子人形が、顔を、胴体を大きくひしゃげさせ、正常な人体としてはあり得ない形に縫い合わされていた。無理矢理ひとつにされた頭が、惨《むご》たらしい縫い目でもって縫い付けられ、服も肉も構わずに一緒くたに糸が通された胴からは、手足が奇怪な方向に、引き攣るように捻じ曲がってはみ出していた。

ひしゃげた顔面から今にも押し出されそうな数の合わない眼球が、虚空を見詰めている。

無理矢理〝一体〟にされた、〝二体〟の双子の人形。その〝人形〟が、妙に生々しく光を反射する目で、亜紀を見上げている。

「んん……っ!!」

息を呑《の》んだ。悲鳴を上げかけて、必死に声を殺した。

肌を、腕を、顔を、産毛《うぶげ》の逆立つ感触が、一斉に這《は》い上《あ》がった。

人形はエレベーターの扉の中央、合わせ目に寄りかかるようにして座っている。

あり得なかった。エレベーターの扉はつい今しがた、閉まったばかりなのだ。

暗いホールに、しーん、と冷たい静寂が満ちていた。亜紀はぽつんと一人、その虚ろなホールに、〝人形〟と向き合って立っていた。

心に染み込んで来るかのような、ほの暗い空気の気配を感じた。

胸の辺りに染み込み、内側から皮膚を撫でる、何かが背後に立っているかのような、暗闇の気配。

これは――――〝怪異〟の気配。

もはや疑う余地など無かった。報告しなければ。助けを呼ばなければ。

ここに。ここに居る。亜紀は震える手で、コートのポケットから携帯を取り出す。だが、妙に眩《まぶ》しく無機質に点《とも》った画面の表示は、この場所が電波の届かない圏外である事を、無情に亜紀へと伝えた。

外への連絡手段が、断たれていた。

小さな〝人形〟は、ただ静かに座り、亜紀の退路を断っていた。

亜紀は、閉じ込められていた。外の見える四階に。灰色に曇った空の見える、限り無く外に開けた密室にだ。


「…………！」


逃げ場が無い。

壁も床もコンクリートで造られた〝四階〟を、慌てて見回す。狭小で暗いエレベーターホールの両端は、それぞれベランダ状の外通路に通じていて、そこからそれぞれ、曇った外の光が入って来ていた。曇って、濁った、光の差し込む通路。その通路の片方が、亜紀が目的にしていた、あの〝占い師〟が居るという、四〇四号室への通路だった。

階段は、見当たらない。


「……」


息を、呑み込む。選択の余地など無かった。

亜紀は通路へと向かって、こつ、こつ、と足を進めて行った。

ぼんやりと差し込む、光へ向けて。外からの光は空気に満ちる薄闇に吸収されているかのように、ひどく弱々しかった。

灰色をした無機質なマンションのホールと通路は、まるで黄昏時《たそがれ》のような、厭《いや》な暗さに満たされていた。出口へ近付いて行く。その向こうには通路と、手摺《てすり》の外に広がっている外の景色が見えた。

景色は方角が悪く、人の居そうな街では無く、人家も見えない山ばかりが広がっていた。

何か圧迫感さえ感じる、黒々とした山。亜紀はその景色を見据えながら一歩一歩進み、そのままホールを出て、外通路に足を踏み出した。

「…………っ」

目的の〝場所〟が、すぐに判った。

外通路にはマンションの部屋のドアが並んでいたが、そのうちの一つだけ、閉め忘れたかのように少しだけ開いていた。

隙間から、暗闇が覗いている。

中からの視線を錯覚するほどに、そっと開いた、隙間。

確認するまでも無く、それこそが、〝四〇四号室〟。

話に聞いていた〝占い師〟の部屋。だが、これが圭子が話していたような生易しいものでは無い事は、こうして見ているだけで知れた。

誘われている。

囚われ誘導されている。

背筋の奥底から、緊張が引き摺り出された。

息が荒くなる。ただ一つだけドアの開いた、その通路の景色と向き合う。それだけで異様な気配が、まるで質量をもって肌に触れているかのように感じた。

口の中で、唾が粘つく。

ごく、と音を立てて唾の塊を飲み下す。


「……」


そして亜紀は、一歩、足を踏み出した。

淡い、誰彼刻《たそがれどき》の光が満ちる、マンションの外通路に。異様なのは、部屋の明かりが一つも点いていない事と、人の気配が全く無く、廃墟《はいきょ》のように静まり返っている事。

見える外の景色は、黒い山が見下ろすばかり。

黒い山とこの建物だけが、この世界に存在して、自分以外の人間が一人も存在しない、そんな想像が全感覚を襲う、空疎な情景。

そんな陰鬱で不気味極まる光景の中を、亜紀は一歩一歩、進んで行った。

これが自殺行為だと、自分が取り返しの付かない何かへ踏み込もうとしているのかも知れないと、亜紀は自覚していた。そして既にそれ以外に道は無く、ここは〝怪異〟の只中《ただなか》で、もう逃げ場など無い手遅れなのだとも、亜紀は完全に自覚していた。

亜紀は、進んだ。

怯えて立ち止まるのは、流儀では無かった。

せめて、全てを確認する。あわよくば、何か情報だけでも残せれば。

ひとえにそんな思いを固めて、浅く速い呼吸をしながら、通路を進む。ほっそりと隙間の開いたあのドアへと向かって、異様な静寂の中、幾つもの閉ざされたドアの横を、目的の部屋へと向けて、一つ一つ、通り過ぎる。

一つ通り過ぎるごとに、近付いて来る。

隙間の開いたドア。四〇四号室のドアが。

こつっ、こつっ、

コンクリートの床を踏む、亜紀の靴音。

響くたびに近付く、ドアの隙間。

こつっ、こつっ、

一歩。

一歩。

こつっ、

進む。

やがて、ドアの前に。

「……」

立った。覚悟はしているが、緊張で、呼吸が震えた。

ドアの隙間から覗く暗闇。中は窺えない。ドアノブに手をかける。

ドアは冷え切っていた。握る手に力を込めた。

もう後戻りはできない。ドアの隙間が広がった。

引いて、開いた。力の弱い光が中へ射し込んだ。玄関と短い廊下が照らされて、その先のほど近いダイニングが、ぼんやりと照らし出された。

殺風景なダイニング。

そして、そうやって露わになった部屋が、目に入った瞬間、亜紀は心臓が飛び上がりそうになった。

「!!」

人が居た。

部屋の中央に置かれたテーブルに、人影が背を向けて座っていた。

黒い影と化している背中。人の気配の全くしない、まるで蠟《ろう》人形が座っているような、長身の男の影だった。

人影は、ゆっくりと振り返る。

振り向いた男の横顔が目に入った瞬間、亜紀は戸惑い、そして、思い出した。

呆然とする亜紀の表情を見て、その暗い部屋に座っていた男は、口元に笑みを浮かべた。

亜紀はしばし呆然とし、そして徐々に自分を取り戻すと――静かに眉根を寄せて、男の名を口にした。

「あんたは……確か、基城《きじょう》……」

亜紀の呟き。

「ええ。お久しぶりですね」

髪が伸び、すっかり容姿の荒《すさ》んだ基城は、穏やかに答えた。

部屋の入口に、そのまま立ち尽くす亜紀。

基城は灰色に染まった部屋の中で、ゆっくりと椅子から立ち上がると、うっすらと笑みを浮かべたその貌で、亜紀へと手招きした。

3

「さて、ようこそ。占いの館へ」

「……」

慇懃《いんぎん》に一礼する基城に招かれて入った、ダイニング。

カーテンが閉め切られ、開け放した玄関から射し込む淡い光に照らされている他は、細部が判別できないほどの闇がわだかまっているこの部屋で、亜紀は大きなダイニングテーブルを挟んで、真顔で基城と向き合った。

椅子を勧められたが座らず、奥の席に座った基城と、並んだいくつものカードを見下ろす亜紀。テーブルの上の大阪のタロットカードはその殆どが、占いというよりも、手すさびのように、無造作に散らばっている。

「……あんたが『噂の占い師』だったの？　坊主の次は占い師ってわけ？」

亜紀は険のある調子で、基城に問うた。

「そういう事になりますね。どちらもかりそめに過ぎませんが」

基城は穏やかに答え、亜紀を見上げる。

そんな基城の目には長く伸びた前髪がかかっている。あの黒服は着ていたが、全体的にくたびれた調子で着崩されて、ネクタイもしていない。

雰囲気は様変わりしていたが、亜紀にとっては見知った人物だった。

だが、こうして険ある調子のやり取りは、精一杯の虚勢のようなものだった。

そもそも〝黒服〟自体が、都市伝説にさえ語られる危険な存在だ。そしてそれを抜きにしても、平然と〝この場所〟でこうしている人間が、まともである筈が無かった。

亜紀は油断していない。

選択肢が無いからこうしているだけだ。

ここが何なのかも、判らない。ここは明らかに元のマンションとは思えなかったし、そこによりによって何故〝黒服〟が居るのかも、この様相の変化はどういう事なのかも、全く亜紀の理解の外だ。

「……」

「警戒しているね」

睨むように見下ろす亜紀の視線からその思考を汲み取《く》《と》ったのか、基城はやつれた頰に笑みを浮かべて、亜紀へと語りかけた。

「実に正しい判断だと思う。君が察している通り、今ここに居る私は、多分まともな存在じゃない」

「多分？」

眉を寄せる亜紀。

「そう、多分。私にはもう、判らなくなってしまいました」

「は？」

「判りません。自分が正気なのか、狂っているのか。正常なのか、異常なのか。いや、それだけでは無く、どこまでが正常で、どこまでが異常なのか。そもそもそんな境界をどこに置くべきなのか、もう私には判断が付かないのです」

基城は、テーブルの上で指を組む。それは占い師が判じ物をする前に、客の相談を聞く時の手馴《てな》れたポーズに見えた。

「どういう事よ？」

「私は〝悩みを持つ客に、おまじないと称して危険な呪詛を教える占い師〟です」

亜紀の問いに、基城は答えとして、自己紹介としてはあまりにも身も蓋も無い、説明の言葉を口にした。

「何それ」

「〝噂〟が語られるんですよ。どこそこに居る占い師は、相談事をすると、よく効くおまじないを教えてくれると。でもそれは、実はおまじないに見せかけた危険な呪いで、実行すると恐ろしい目に遭う。気付いた時、あるいは全てが終わった時には、その〝占い師〟は、もう連絡さえ取れなくなっている。だから、あなたが占い師に相談して、もしもおまじないを教えられたら気を付けろ――――いかにも都市伝説で語られそうな話でしょう？

都市伝説にありがちな、実在すら怪しい、しかし奇妙なリアリティを持つ登場人物。きっと私は、その〝きっかけ〟となるべく、役目を振られたのだと思います。何者か――――あるいは、この世界そのものからね。いずれそういう〝噂〟が、この街を発生源にして拡《ひろ》がるのかも知れません」

基城は微笑む。その表情には諦観のようなものが浮かんでいた。

亜紀は、ともすれば緊張に締め上げられそうな意識と呼吸を必死に整えながら、そんな基城を睨む。そしてしばしの沈黙の後、口を開く。

「……言った言葉の内容は、まあ理解したけど」

言い、しかし険しい顔で吐き捨てる。

「でも、とてもじゃないけど、納得はできない。私にしてみればあんたは〝黒服〟の基城でしかないし、あんたがうちの学校の生徒に〝どうじさま〟の儀式を教えてた。そして私は、その儀式について調べに来た。でも、何であんたがここに居るわけ？　そんで、何でそんな事やってたわけ？」

詰問するような問い。それに対して基城は、その荒んだ容姿にひどく穏やかな表情を浮かべて、逆に首を横に振って見せた。

「確かに、貴女《あなた》にとってはそうでしょうね」

そして言った。

「でも違うのです。他の全ての人達にとって、私は、そんな詳細など知られる事なく、どこまでも『おまじないと称して呪いを教えた占い師』でしかありません。私の行いは『異界』と名付けられた集合無意識の海で分解され、そこから最も人々の〝魂〟に親和する構成要素のみが取り出されて再構成されます。親和する要素――――つまり〝不安〟と〝恐怖〟が『私』という存在から取り出されて、再構成され、そうやって組み替えられた私は一個の『都市伝説』となります」

「……!?」

「もう私がなぜ『占い師』であるのか、何を目的に〈儀式〉を伝えていたか、その意味は失われています。すでに『私』が『私』として、こうしている意味は無いという事です。だから貴女の質問に答える事はできますが、全ては既に取り返しの付かない過去の事です。ここに居る私はもう終わっているんです。私に何かをさせようとしても意味がありませんし、私が何を答えても何の意味も無いんですよ。

私は――――恐らく、既に死んでいます。

なのに『私』は何故か、こうしてここに存在している。ここに居る『私』は、もう『私』ではありません。恐らくもっと別の大きな存在、喩《たと》えるならもう一つの世界そのものと言ってよいモノの手に、委ねられたのでしょう」

亜紀は強く眉を寄せる。この狂人の会話に付き合うべきか、刹那、迷った。

だが答えはすぐに出た。続ければいい。ここで全てを、あるいは何かを聞き出さなければ、亜紀は納得できない。

「……あんたは何で、〝どうじさま〟を生徒にばら撒《ま》いたの？」

亜紀は、問う。

「弟を、取り返そうと思ったんですよ」

あっさりと基城は答えた。

「彼は私の双子。文字通り私の〝半身〟です。本当はもっと世俗的な理由で彼を呼び戻そうと思っていた筈なのですが、結局そういう事だったのでしょう。とにかく私は、貴女達と対峙《たいじ》して『異界』に消えてしまった私の半身を、こちらに取り返そうと願いました。そのために

『竜宮童子《りゅうぐうどうじ》』譚《たん》をモチーフにした一種の〈儀式〉を試みました。

つまり――――『異界』の存在を、こちらの世界に呼び込む〈儀式〉。あの山の『異界』に彼は消えた。ならばあの山に居る『異界』の存在を、全てこちらに呼び寄せれば、必ず彼がその中に混じる筈という理屈です。ならどうすればいいか？　できるだけ多くの回数、できるだけ多くの人にあの山で〈儀式〉を行わせればいい。そうすればいつか彼に当たるだろうと。その理屈の実現のためには、『あの山で生活している大勢の人間』である学校の生徒は、まさにうってつけだったという訳です」

「なるほどね」

理屈は解る。だがその実行は、狂人の理屈だ。

呑まれないように、亜紀は腕組みをし、ふん、と虚勢を張って鼻を鳴らす。そして殊更に嫌味を込めて、基城に言う。

「一応、本当に双子だったわけね。あんた性格が悪そうだったし、揶揄われてる可能性も考えてたわ」

「……そうでしたか」

「で、もう理由が無いって事は、あいつは還《かえ》って来たわけ？」

続けて問う。基城はそれに対して、どこか淋《さみ》しそうに、また首を横に振った。

「いえ、それを知る事は私にはできません。そしてこうなった以上、もう永遠に知る事は無いでしょう」

「……どういう事？」

「私は、本当はもう失われているからです。貴女の知る基城は、いま現実的には死人で、情報的には都市伝説中の存在となりました。

なので、もし貴女が弟の顛末《てんまつ》を知っていて、ここにいる私に教えたとしても、何の意味もありません。本当の基城は失われ、この『私』はその抜け殻、あるいは影のような存在でしか無いからです。私は古い日記帳のように、過去あった事を貴女に伝える事はできます。しかしここに居る『私』が何をしても、あるいは何を知っても、未来には何の意味もありません。現実の私にも、もはや何の影響も及ぼす事はできません」

基城は口元を歪めた。それを聞いて亜紀は、しばし瞑目《めいもく》した。

「……」

ずっと思っている事があった。

ここに来てから、ずっと心の底で感じている事があった。

今まで抑えられていたが、その感情が強くなる。いま目の前に居る基城は、何の意味も無い抜け殻だと言う。

「それなら」

やがて亜紀は、再び口を開いた。

「それなら――あんたは何で、ここに、私の前に居るわけ!?」

強い口調で、尋ねた。その声には、強い怒りが籠もっていた。

最初から、どうしても納得できなかったのだ。亜紀には自分の前に基城が居る事が、ひどく理不尽な事に思えて、最初から仕方が無かったのだ。

理不尽だった。この目の前の基城も、この会話も、全て。

そして基城は、それが何の意味も無いと言う。

「これがあんたの意思ですらないって言うなら、何が理由なのよ！」

亜紀は、目の前の理不尽に強く疑問の言葉を吐き出した。

しかし言いながら、半ば答えを予感していた。

「当然、君の記憶と心の在り方に、空っぽの『私』という存在がシンクロし、喚《よ》び起こされたのでしょうね」

「…………!!」

予感通りの答えに、亜紀は大きく息を吐き出し、顔に手を当てて歯噛みした。

これは、襲われた訳でも、巻き込まれた訳でも無い。つまり、自分が呼び込んで、踏み込んだのだという事。

この理不尽な状況も、理不尽な会話も。

全て自分の無意識が引き起こしたもので、目の前の基城もそれによって形造られた現象に過ぎないと、突き付けられたのだ。

「やっぱり、という顔をしてますね」

「……うるさい」

「さて、では『私』は何をするために、ここに居るのでしょうね？　貴女を殺すため？　異界に連れ去るため？　それともこの世のものでない恐怖を与え、貴女を発狂させるため？　果たして〝怪異〟としての私は何をすればいいのだと思います？」

基城の残滓《ざんし》が、うっすら笑みを浮かべる。

「私はもう判りません」

言葉では亜紀を嘲笑うようでいながら、それでいてその顔は、どうでも良さそうな諦めの混じった笑み。

「貴女はどう思いますか？　私には判らないのですよ。貴女がどうしてここに居るのか。私はこれからどうすればいいのか。貴女が、『私』に意味づけをしてくれるのでしょう？　すでに終わってしまった『私』に」

「……」

「是非教えてください。貴女は何かを望んで、ここにやって来た筈だ」

基城は言う。

亜紀は黙って、視線をテーブルの上に落とす。

薄闇の中に散らばる、タロットカードを睨む。しばらく無言の時が流れ、やがて亜紀は顔を上げる。

「……あんたのできる事は、どうせ一つでしょ」

そして亜紀は、口を開いた。

「あんたは人に〈儀式〉を教えるんでしょう？　是非聞きたいね」

基城を見据えて、そう言った。

「あの〝どうじさま〟の儀式について、もっと詳しく教えて欲しいんだけどね。できればその儀式と、〝魔女〟が関係あるのかも」

基城は亜紀を見上げた。亜紀は、黙って睨んで返した。

再び、無言の時間が過ぎた。

「……なるほど」

やがて、基城は諦めたように、口を歪めて呟いた。

「きっと、そのために今の私達は、ここに居るのでしょうね」

深く溜息を吐いた。

「私はそのためにここに居た。ならばここに居る『私』も、きっとそのための〝怪異〟なのでしょう」

「合ってそうで何よりだ」

憎まれ口を叩《たた》く亜紀。

基城は仕方なさそうに頷き、溜息混じりに、こう話を切り出した。

「いいでしょう。まず最初に前提から。あの〝魔女〟は、人間と同じ枠で考えるべきではありません」

「！」

充分に心の準備はできていた筈だったが、それでも基城の語り始めた最初の言葉は、亜紀を驚愕させた。

「やっぱり、あんた十叶《とがの》先輩を知って……！」

「ええ。双子の弟が『異界』に消え、自分でも理解し難《がた》い喪失感に苛まれていた私の前に現れたのが、あの、〝魔女〟でした」

詰問調の亜紀に、基城は認めた。

「〝機関〟の一員となった時に全て納得していた筈でしたが、彼の消失は私に喪失感を与えました。彼の家族はどうなるんだとか――――〝機関〟に入った時点で、もう会えませんし、それに同意しているのですけど、色々な思いが去来しました。

今にして思えば異常な事でした。恐らく単なる『死』なら、そんな事は起こらなかったのでしょうね。『異界』に消失した事が良く無かった。半身を『異界』に取られた私は、その半身に呼ばれてしまったのでしょう。

とにかく喪失感から山を彷徨《さまよ》っていた私に、〝彼女〟は現れました。そして彼女は言いました。私の半身を、呼び戻す方法があると」

「…………」

「『山に消えた全ての魂を呼び戻せば、その中に彼も居る筈』と。彼女は言いました。私はそれから、この〝四〇四号室の占い師〟となりました。

やるべき事はすぐに判りました。きっと彼女が私に声を掛け、私が同意した瞬間、何らかの契約が成立し、私は〝怪異〟に捕らわれたのでしょう。今や私は〝怪異〟の一柱《ひとはしら》に成り果てました。かつて魔女狩り全盛の頃、このような言葉があったそうです。『魔女の言葉に耳を傾けてはならない』。私はさしずめ魔女と、ひいては悪魔と取引した男の成れの果てといったところでしょう」

そこまで言って、基城は目を細める。

「あの〝魔女〟は全ての〝怪異〟と共にある――――以前の私ならそんな表現はしなかったでしょうが――――初めて見ましたよ。あれは我々が、その分類において『絶対型』と呼んでいる最悪の異障親和型人格です」

「絶対型……？」

「推定出生確率数千億分の一。本当に稀《まれ》に現れる、『霊感』などと呼ぶのは事実として生易しい、本物の〝怪異〟の申し子です。生まれる事すら稀な存在です。そしてまともに生き残る例も殆ど絶無の存在です。彼女のような存在は生まれながらに発狂しているようなものです。未確認ながら胎児の段階から『異界』を認識し、その認識が現実を侵食するため、大半が出生前に何らかの異常死を遂げ、また無事生まれてもほぼ例外なく、思春期までに『異界』に消《き》え失《う》せるか、他の理由で死亡します」

「……」

言葉だけは聞いた記憶がある。確か、あの〈機関〉の病院で。

「彼女達がどういう原理で生まれて来るのかは、判りません。ただあまりに人間から逸脱した精神性を持って生まれて来る彼女達は、まともに生きて行く事はできません。確固たる人格を持つ前に〝怪異〟に喰《く》われて死ぬか、人間には理解不能な理由によって自ら命を危険に晒し死にます。恐怖を感じた両親などによって殺される事もあります。

現実世界と何がしかの折り合いをつけた例などは、少なくとも近代になってからは聞いた事がありません。映画や伝説にある『悪魔の申し子』が、まさにあれです。彼女達の目は常に人間とは違うものを見、その言葉は世界と、人の心を歪めます。貴女は〝彼女〟の目的を知りたいでしょうが、知ったとしても、本当の意味で理解する事は不可能でしょうね。もちろん、彼女の誘いに乗り、このように成り果てた私も、何も知りません」

「そう……」

「知りようがありません。そして今の私は、もう興味すら抱けない」

目を閉じる、基城。

亜紀は小さく溜息を吐いた。情報はここまでか、と思った。

だが基城の言葉は、終わりでは無かった。

「ですが——こうして〝怪異〟の領域にこの身を沈めて、私にも、いくらか判った事があります」

「え？」

亜紀は顔を上げた。

「あの羽間の〝山〟と、『神隠し』についてです」

基城はそう言うと目を開け、亜紀の背後を、先刻入って来た入口の方を、真《ま》っ直《す》ぐに指差して示した。

「あの山には、〝神〟が居ます」

「神？」

「そして全ての『神隠し』は、その眷属《けんぞく》です」

振り返る。開きっ放しの玄関のドアから、淡い夕刻の光の中、黒々と聳える影のような山の姿が覗いていた。

「その眷属は、〝神〟の慰撫《いぶ》のために、人を山に引き込みます」

「……」

「あの山の中にある〝神〟の所領、いわゆる、山の『異界』にです」

印象派の絵のような、淡く暈けた山の表面。その奥に暗闇を隠し、昏く滲《にじ》んだ樹々《きぎ》が作る、渾然《こんぜん》とした鱗《うろこ》模様。

「そしてもう一つ、この羽間では、『座敷童《ざしきわらし》』も山ノ神の眷属です」

「！」

思わず山を見詰めていた亜紀に、基城はそんな、予想もしなかった事を口にした。

「この羽間の土地では、『神隠し』と『座敷童』は同一の存在です」

「は……⁉」

亜紀は一瞬言葉を失う。最初に亜紀達が触れる事になった〝怪異〟である『神隠し』。そして今〝どうじさま〟の儀式として進行している『座敷童』。

「なんで……⁉」

「唐突に思えますか？　でもそうではありません。実を言えば、最初から気付いてもおかしくは無かった」

基城は言うと、言葉を続けた。

「貴女は私と最初に会った時、自力で『神隠し』について調べ、羽間市の神隠し伝承が書かれた資料を持っていましたよね？」

「資料？」

少しだけ戸惑ったが、すぐに思い出した。

確かに、空目があやめを見出《みいだ》した結果として行方不明になった時、亜紀は羽間市の伝承を調べ、そして『神隠し』についての伝承がいくつもある事を発見した。

「……あったね。そんな事」

「あれの一つを思い出してみて下さい」

眉を寄せる亜紀。

「どれの事よ？」

「こういうものがあったでしょう。

村の子供が一人、突然に姿を消した。子供達はその子が見知らぬ子供と遊んでいるのを見ていたが、村に住んでいる誰も、その子供の事を知らなかった。

よく考えてみて下さい。これは子供が消えたという導入のせいで、認識を捻《ね》じ曲《ま》げられています。これは『神隠し』の類話などではありません。これは全体を見れば〝子供にしか見えない友達〟――――つまり『座敷童』の類話です」

「！」

亜紀は絶句した。言われてみると、確かにその通りだった。

子供が消えたという事実に焦点を置かなければ、その話の大半は『神隠し』について語っていない。その部分を除いた話は完全に『座敷童』だった。子供だけに見える遊び相手。子供の姿をした見えない隣人の話。

「混ざってる？　同じもの？」

亜紀は、呟いた。

「『座敷童』が『神隠し』で、山ノ神の眷属で、子供を攫《さら》って山ノ神を慰めてる？　だとしたら――〝魔女〟は『神隠し』や『座敷童』を使って、学校の生徒を使って〝山ノ神〟を慰撫してる？　いや――違う。それは理事長がやってた事だ。だったら〝魔女〟が理事長を消す理由が無い」

テーブルを睨み、亜紀は思考する。思考が回り始める。何か大事な核心に踏み込めそうな気がした。基城はそんな亜紀を興味深げに見ていたが、しかしそれも数秒の事で、基城は亜紀の思索に口を挟んだ。

「それで……貴女はいつまでここに居るつもりですか？」

言われて亜紀は、はっと顔を上げた。

「ここは『異界』ですよ。竜宮と同じです。無駄な時間を過ごして、浦島太郎《うらしまたろう》のようにならない保証は無い」

「あ……」

亜紀はそれを聞いて慌てて周りを見回し、部屋を出ようと身を翻し、玄関へ向かった。

そして入口のドアの手前で、基城を振り返った。基城は最初に椅子を勧めた時のようにテーブルの上に手を組んで、横顔だけを見せて、穏やかに亜紀を見詰めていた。

亜紀は一瞬躊躇うと、基城に言った。

「あの…………あ、ありがと」

基城は微笑した。

「さようなら、木戸野さん。多分もう、逢《あ》う事は無いでしょう」

そしてドアが閉じられた。

亜紀が出た外は、遅くなった夕刻の、すっかり暗くなったマンションの四階の景色で、点った通路の照明の下ではっとした亜紀が振り返ると、閉まったドアには鍵が掛かっていて、もはや二度と開く事は無かった。

十一章　チャイム

1

空目の携帯に亜紀から電話があったのは、もうすっかり日の落ちた時刻、放課後も遅くの事だった。

あの〝占い師〟のマンションに、亜紀が向かってから数時間。あれから連絡が無く、こちらから電話をかけても圏外になると気付いた俊也達が、亜紀を探しに行こうと立ち上がった時、その着信はあった。

「……木戸野だ」

「なに！」

携帯の画面を一瞥《いちべつ》した空目が、そう言って窓際に立って、電話に出る。俊也とあやめが見守る中、空目は二言三言、言葉を交わし、そしてその後は殆ど沈黙して、向こうの話を聞くばかりになる。

「……………ふむ……………………そうか」


静かな部屋に、空目の携帯から、亜紀の声が漏れて聞こえた。

とりあえず亜紀が無事らしい事を確認し、俊也はひとつ、安堵の息を吐いた。

亜紀を向かわせる場所として、マンションの方が安全だろうという予想が外れたのかと、俊也は不安だった。だが空目が沈黙し、亜紀がひたすら話し続けている電話の様子を見るに、どうやら向こうでも何も無かった訳では無いようだった。

俊也は亜紀の状況が気になったが、無表情な空目からは、状況が窺えない。

空目はただ黙って、相槌も打たずに亜紀の報告を聞き続けている。

「判った」

そして、空目がそう言って頷いたのは、実に十五分ほどが経《た》った後だった。

「よくやった。おかげで大方の状況が掴めた。よく無事だったな」

空目はそう亜紀に労《ねぎら》いの言葉をかけた。そしてそれを聞いて、俊也はようやく、亜紀が完全に無事である事を確信するに至った。

「ご苦労だった。もう、今日はこのまま家に戻れ」

空目は言うと、もう二、三の言葉を交わして電話を切った。そしてそのままポケットに滑り込ませ、窓を背にして俊也に向き直った。

「空目」

「ああ」

俊也の呼び掛けに、空目は頷いた。

「あらかたの状況は掴めた。大体の〝魔女〟の目的も。いま俺達に見えている、揃《そろ》っている駒で、何が行われようとしているのかもだ」

「本当か？」

思わずそう言った俊也に、空目は黙って頷いた。

「分かった。どうする？」

勢い込む俊也。即座に殴り込む覚悟だ。だが空目はきっぱりと、そんな俊也の勢いに水をかけた。

「一度、ここを出る」

「なぜだ？」

「木戸野は家では無く、こっちに戻って来るそうだ。夜の学校は〝魔女〟の領域だ。合流するのにわざわざ中に居る必要は無い」

「……そうか。そうだな」

さすがに冷静になる俊也。それならば亜紀がここに着く頃には、もうすっかり夜だろう。そんな時間の学校でばらばらに行動する時間を増やすなど、確かに自殺行為以外の何物でも無いのは明らかだ。

「あやめが居なければ、今ここですら、俺達にとって安全の確保が怪しい」

「……ちっ」

「一旦外で合流し、木戸野から詳しい話を聞く」

「分かった」

俊也は頷き、動きかけ、そして空目に一つだけ訊ねた。

「空目。木戸野に何があった？」

問われた空目は答えた。

「〝占い師〟に会ったそうだ。人間では無かったようだが」

「……あ？」

やはり連絡が途絶えたのは普通の理由では無かった。思わず俊也は眉を寄せる。つい、再度確認する。

「本当に平気だったのか？」

「恐らくな。何にせよ、まずは合流してからだ」

携帯にポケットの上から触れながら、空目。

そして、

「それから、あやめ。お前も同席しろ。木戸野の話はお前にも関係する」

そう言って、あやめにもその目を向け、命令した。

「……………はい」

空目の言葉は何の説明も含んでいなかったが、あやめはその目を微かに伏せ、何も訊かず素直に頷いた。その様子を横目にも見ずに、空目は部室から撤収するため、自分の荷物をまとめ始めている。

「木戸野は今まで気付かなかった幾つかの示唆を持って来た」

そうしながらも、説明を続ける空目。

「いま電話で聞いた話で、既に幾つか把握した事がある。木戸野も直接会って詳細を話したいと言っていたから、これから合流する。その内容によっては、そこから類推して、恐らく明日にでも……」

そう言いながら、ふと窓の外に目をやり――――

「……………何をしている……？」

そんな呟きと共に、空目が動きを止め、その目が細められた。

「どうした？」

訝しんだ俊也が空目に近付き、空目の見ていた窓の外を見下ろした。

空目の視線の先、学校の正門あたりの道を、二人連れの生徒が、薄暗い照明の中で早足に歩いているのが見えた。

見覚えがある。

俊也は眉を顰めて、その二人の名を呟く。

「……近藤と日下部？」

学校を出ようとしている二人だが、こんな時間まで二人が居残っているのは、どうにも腑《ふ》に落ちなかった。理由が思い浮かばない。少なくとも部活では無い。残念な事だが。それだけは確実に違う。

「まさか……？」

思い当たるのは小崎摩津方。また何か利用されているのではないかと、俊也は二人の姿に不安を感じた。だがすぐに、窓から目を逸らす。

「…………いや、もう俺がどうこう言う問題じゃねえか」

あれは武巳自身が選び、決断した事だ。俊也が思うような心配は、もはや武巳にとっては余計なお世話だろう。

空目は平然と、窓の外の二人を見ている。

あやめが何も言わず、どこか悲しそうな表情で目を伏せた。

だがその次の瞬間、あやめは突然、物音を聞いた猫のように、はっ、と何かに反応して顔を上げた。そして俊也と空目がその反応に気付いて眉を寄せた瞬間、二人ともほぼ同時に聴覚に触れた、微かな〝異常〟を知覚した。

「……!?」

一瞬、それが何か俊也は判らなかった。

最初はただ、空気に違和感を感じただけだった。

それは鼓膜が不意に重くなるような、微かな違和感だった。その〝先触れ〟のような感覚が何であるか、それでも俊也は、すぐに思い出した。

――――スピーカーの作動音。

それは学校のスピーカーのスイッチが入った時に聞こえる、〝音のない音〟だった。

微かに空気の震える、その低い無音。放送やチャイムが響く直前に聞こえる、あの先触れのような〝聞こえない音〟。

「……何だよ、スピーカーかよ」

その〝音〟の正体に気付いた俊也は、緊張を解いた。

「こんな時に……」

だが空目は険しい表情で宙を睨んだままで、あやめも不安げな表情を崩さずに、おどおどと周囲を見回していた。

「……どうした？」

俊也の問いに、空目が厳しい視線で答える。

「〝匂い〟が強くなった。何かの前兆か？」

「は？」

空目が宙を睨む。

そんな中、あやめが泣きそうな目をして、戸惑うように口を開いた。

「……もうすぐ…………〝反転〟します……！」

「何？」

「〝臨界〟……しそうです。もうすぐ、ひっくり返ります。世界が……学校が…………もう一つの、〝学校〟に………」

「何だと⁉」

俊也は一度は離れた窓に急いで歩み寄り、見渡した。

そこから一望できる範囲には、俊也に分かるような異常は、何も見当たらなかった。だが俊也は、自らの視線の先にそういったものとは別のものを見付けて——それが意味する事態に気付いて、顔面蒼白《そうはく》になった。

「何やってんだあいつは……！」

押し殺した声で叫んだ。

先程俊也の見ていた学校の正門に、稜子が一人で、戻って来ていたのだ。

忘れ物でも取りに戻るのか、稜子は学校の敷地《しきち》内に入る。よりにもよってこんな時に。俊也は舌打ちした。

「……くそっ！」

俊也は身を翻し、部室のドアへ向けて駆け出した。

「待て！　村神！」

俊也へ空目が鋭く制止の声を上げたが、俊也はその時にはもう、既にドアを開けて飛び出していた。何かが起こる前に、稜子を学校から追い出さなければと思った。だがしかし、俊也がドアを開け、部室の外へと飛び出した瞬間――――

ごぉ――――――――ん、

とスピーカーから空気を震わせて、重々しいチャイムの音が、周囲に響き渡った。

「!?」

それは俊也が開け放ったドアを通り抜けた、その瞬間の事だった。

チャイムの〝音〟がスピーカーから大きく響き渡り、それと同時に周囲に満ちる空気の全てが、刹那に破裂するように、違うものへと〝変質〟した。

建物の中と外、敷地に満ちる空気という空気を遍《あまね》く振動させて、その大きな〝音〟は学校の全てに広がり。そしてまるで、一杯に張り詰めた風船の〝膜〟を破壊したかのように、〝音〟と空気が触れた所を境にして、世界が破裂し変質した。

チャイムの音はほどなく収まり、『おぉ————ん』という余韻を廊下に響かせて、消えて失せた。

しかしその時には、俊也の立つ暗い廊下は、すでに別のものになっていた。

虚ろに、左右へと延びる廊下に、冷え切った空気と静寂。全てのドアが閉じられ、明かりの落ちたクラブ棟の廊下は、蒼《あお》い色をした薄闇に満たされて、しぃーん、と冷たく静まり返っていた。

「な……」

ぽつんとただ一人、俊也は、がらんどうの廊下に立っていた。

慌てて振り返ると、俊也が開けた筈のドアは閉じられ、ドアに嵌《は》まった磨りガラスの窓も、明かりが消えて蒼い闇を映していた。

俊也は即座にドアを開けたが、空目が居た筈の室内には、誰も居なかった。無人の部屋は窓から入る微かな光に照らされて、蒼い闇色に、ぼんやりと染まっていた。

人の気配が、世界から消え去っていた。

無人の静寂の中に、俊也は立っていた。

ドアをくぐった瞬間に、元の廊下では無く別の世界に入ってしまったように。
まるで違う世界へ続くドアを通って、別の世界に迷い込んでしまったように。

「………………」

俊也は、立ち尽くした。
時ならぬチャイムが響いて消えた、この蒼い静寂の中に。
突然に放り出された、空虚な空間。
同時に理解した。

ここが、『異界』である事を。

2

「――――えっ？」

そのとき日下部稜子は、ふと校門を振り返った。

「ん？　どうかしたのか？」

「え、えーと……う、ううん？　何も……？」

不思議そうな顔をした武巳に訊ねられ、稜子は慌てて胸の前で手を振り、曖昧な笑みで、武巳の疑問を打ち消した。

「な、何でも無いよ」

「そっか」

武巳は特に疑わずに、元の帰り道に目を戻す。そんな武巳の表情は力弱く、どちらかと言うならば、疑う余力が無いと言った方が、正しいのかも知れない。

「…………」


放課後も遅く、もう殆ど日の落ちた、夕刻だった。

稜子と武巳は夕闇の中、並んで学校を出て、寮への帰路に就いていた。

こんな遅い時間になるまで、二人は学校に居残っていた。と言っても学校に用事があった訳では無い。武巳が寮に帰るための心の準備が必要で、そのための時間を過ごすうちにとうとう日が落ちて、こんな時間になってしまったのだった。

自分の部屋で、知らない〝人形〟を見付けてしまった武巳。

だが最初、武巳は狼狽《うろた》えながらも何があったのか、決して稜子に言わなかった。

不審に思った稜子は放課後になった時、とうとう食堂のホールで武巳を問い詰め、ようやくそれを白状させた。そして武巳から事情を聞いた時、稜子は一つ溜息を吐いて、一言だけ、武巳に言ったのだった。

「もう……馬鹿」

稜子が言いたかった事は、その一言だけ。

「……ごめん」

「ううん。いいよ」

謝る武巳に、稜子は首を横に振った。

元より責める気も無かった。話してくれた段階で、武巳が隠し事をしようとした事など、もうどうでも良い。後は、それを境に堰《せき》を切ったように、武巳が次々と吐き出す疑念と不安を、稜子は辛抱強く聞き続けたのだ。

放課後の時は過ぎ、自室で沖本と会うのを怖れる武巳が、心の整理を付けるまで。

気付くと、すっかり時間は遅くなってしまっていた。もう食堂が閉まり、校庭のベンチに移動していた二人は、そこでようやく学校を出た。そしてすっかり夕闇が落ちて、街灯の灯《あか》りが照らし始めた道を、こうして帰路に就いたのだった。

そして。

「……？」

稜子が校門を振り返ったのは、そうやって学校から帰りかけた、そんな時だ。

校門を出て、すぐ。稜子は自分を呼ぶ声を聞いた気がして、えっ？　と思わず、もと来た方向を振り返ったのだ。

武巳に問われ、反射的に誤魔化した。

しかし稜子はその時、自分の名前を呼ぶ、女の子の声のようなものを聞いた気がしたのだ。

「……」

誤魔化してしまった手前、稜子は髪を引かれるように門を振り返りつつも、先を行く武巳に少し遅れて歩き出す。多分気のせい。しかし、聞こえた気がした声は、稜子の心の中で、どうにも引っかかっていた。

稜子ちゃん……

と呼びかけて来た、声。

引っかかる。どこかで聞いた声のような気がしたのだ。

稜子は前を行く武巳に聞こえないように、こっそり「………おかしいなあ」と小さな声で呟いた。聞いた覚えがあるような、無いような、どうにも収まりのつかない感覚が、頭の中をモヤモヤさせた。

今すぐに引き返して確かめたいと思うような、気持ちの悪い感覚。

武巳に声が聞こえなかったか訊いてみようと思ったが、聞こえていたなら稜子が振り返った時に、あんな反応はしないだろう。

訊くまでも無い。それに今の武巳に、そんな心配させかねない事を言うのは、どうにも気が引けた。

武巳は稜子を守ろうという義務感に駆られているようだったが、それを嬉しく思う稜子の目から見ても、その一杯一杯ぶりは明らかだった。今の武巳は沖本の事もあって、完全に悩みに対する許容量をオーバーしていた。武巳はこれからの問題についての悩みと決断を、全部自分だけで抱え込もうとしていた。

多分そんな自覚は無いが、武巳は全てを自分だけでやろうとしている。

周りを心配したり、問題について悩んだりを、自分だけで。

自分にできる事が多く無い事を知りつつ、決断しようと悩んでいた。

空目達と決別した今、武巳にとってこれらの問題について、信用できる人間は周りに一人も居なくなった。今まで空目達に任せていたそれを、今度は武巳が、自分で考えなければならなくなったのだ。

武巳は全てを抱え込もうとして、早速、抱え切れない問題に出くわして喘《あえ》いでいた。物語のヒロインならば、ここで武巳を叱咤《しった》するか慰めるかして、「自分だけで全部抱え込まないで」と言えば、武巳はこの重圧からは救われるのだろう。

稜子も今日の武巳の様子を見て、何度そう言おうと思ったか判らない。しかし実際には形の無い重圧など一緒に抱えてあげる方法が判らないので、いくら稜子が言葉を尽くしても、それは多分気休めに過ぎなくなるだろうと考えた。

そして気休めは、武巳のためにはならないとも。

気休めは、きっと武巳を弱くする。

辛そうな武巳を見るのは心苦しかったが、ここで自分のすべき事は、武巳を信頼して見守る事だと稜子は感じていた。きっと武巳はそんな稜子を守るために、こうして悩んで、喘いでいるのだろうから。

だから、稜子は気休めは言わない。

言えない。ただ武巳に言ったのは、全部話して欲しいという、それだけだった。

本当はそれを、二人で問題を分かち合う、と言うのかも知れない。だが少なくとも今は、武巳がそう思ってはいけないのだ。

それが、武巳の覚悟だったから。

稜子は、それを受け入れたのだから。

だが──それでも、今あった事を武巳に話す気には、稜子はとてもなれなかった。それは稜子の優しさだった。先程、どこからともなく稜子にかけられた〝声〟が、本当であっても気のせいであっても、今の武巳が背負う重荷の上に乗せるのは、少々酷に思えた。

空耳かも知れない不確定なものでも、話せば〝重さ〟は変わらないのだ。

今は無理だ。話せない。

稜子は空耳だと思おうとする。しかしこうして口数少なく歩いていると、溢れてくる思考は自然とそっちに行ってしまう。

──稜子ちゃん……

あの〝声〟の記憶を、頭の中で反芻《はんすう》する。

そうするうちに、稜子の記憶の奥底から、少しずつ何かが呼び起こされて来るような、そんな気がして来る。

──稜子ちゃん……

どこかで、覚えがあるような？

昔、そんな風に呼ばれた事があるような？

歩きながら、ずっと考える。

記憶の引っ掛かりを、手繰る。

そしてほどなくして、稜子は不意に。

とうとう、その可能性へと行き当たってしまった。


「────お姉ちゃん？」


石畳の歩道を歩きながら、稜子の口から、ぽとりとその名が漏れた。

突然、碌《ろく》に記憶として残っていない〝声〟が、本当に突然、稜子の中で奇妙なまでにはっきりとした一つの像を結んだ。

幼い頃に、事故で死んだ姉、と。

靄のような記憶。

そんな声など、憶えていない。

それでも稜子の中での〝印象〟が、そう告げていた。

そして稜子は――――自分のそういった〝印象〟が、殆ど間違っていた事が無い事を、当然ながら誰よりも良く知っていた。

「…………」

稜子は、やがて坂道を下りる足を、止めた。

「稜子？」

止まった稜子に少し遅れて気付いた武巳が、稜子を振り返って、呼ぶ。

稜子は顔を上げると、笑顔を浮かべて、そして言った。

「……ごめんね。ちょっと、忘れ物してきたみたい」

「え？」

戸惑う武巳。

「ちょっと、取りに戻るね」

「え、おい、ちょっと……」

構わず、稜子はその場で身を翻した。

「先に帰っててていいから！」

「おい、待てって……」

「武巳クンは、沖本クンを早く見に行ってあげて！」

追おうとした武巳の足が、その稜子の一言で、止まった。

そのように言えば武巳は帰るだろうという、それは完全な計算ずくだった。

武巳の心の動きは手に取るように判る。今の武巳は、沖本の事で頭が一杯だ。

こうすれば武巳は迷いはするだろうが、特に事情は疑いもせず、稜子を置いて寮へと帰るだろう。学校で何かあるかも知れない事にまでは、気が回らない筈だ。

武巳は、友達に優しいから。

今は、武巳には沖本の事に集中させてあげようと、稜子はそう思ったのだ。

自分のあやふやな用事なんかに手を煩わせずに。

「また明日ね！」

だから、稜子は武巳には何も言わずに、半ば呆然とする武巳を置いて、学校へと駆けた。

あの〝声〟を、確かめるため。あの呼びかけてきた〝女の子の声〟が何だったのか、確かめるため。

武巳に心配をかけないように。

いや、本当ならそのためには、全てを忘れて寮に戻るのが一番ベストの選択なのだろう。

しかし稜子はどうしても、確かめない訳にはいかない気になったのだ。それは自分でも理解できない衝動だったが、元より稜子はそういった衝動を肯定するタイプであり、感じた事に対しては理由も求めない主義だった。

どうしても確かめたい。そうしなければならない。


そう強く思う。稜子は学校の生垣と塀に沿って歩道を駆け抜けて、正門の中に入った。そして武巳から見えなくなったのを確認してから歩調を緩め、バッグのポケットから、携帯を取り出した。

本当に武巳を心配させないためには、自分が無事でいる事だ。

稜子は無謀なだけで無く、きちんとその事を解っていた。

そのために、できる事をする。

稜子がそうして、携帯の電話帳を操作して目当ての番号を探し始めた時――――学校は突如として鳴り出した、時ならぬチャイムの音に包み込まれた。


「…………」

3

帰り道、忘れ物をしたという稜子に置き去りにされた武巳は、何か釈然としない思いを抱えながら、一人で寮まで帰って来た。

この日は朝、昼と、数度に亘《わた》ってこの寮と学校とを往復していた。こうして寮の前に立つのは、今日はもう四度目になっていた。

これで夕方も見た事になり、もうしばらくここに居たならば、ほどなく夜になって、寮の一日の景色の変化を全部見たという事になるだろう。無論そんな事をする意味は無いが、それでも武巳は、このままでは望まずともそうなってしまいそうなくらい、今から寮に入る事を躊躇していた。

寮の部屋に帰れば、そこには沖本が居る。

日が落ちた寮の、外から見える幾つもの部屋の窓には、カーテンを透かせた明かりが灯っていた。ここから武巳達の部屋は、見る事ができない。が、もちろん他の全ての部屋と同じように、代わり映えのしない同じカーテンが引かれて、同じ明かりが点いているのだろう。

いつも過ごしている、自分の部屋。

だがしかし、武巳は今だけはそこで、同室である沖本と、顔を合わせたく無かった。

昼休みは頑張って素知らぬ顔をして耐えたが、果たして〝現場〟である部屋で同じようにできるのか。そして、沖本に〝あれ〟について訊ねなければならない自分を想像すると、本気で胃が痛くなる思いだった。

怖かった。

もしも武巳が――

「あの〝人形〟に心当たりがあるか？」

などと訊いた時、果たしてどうなるのか。

沖本は何と答えるのだろう？　どんな答えが返って来るのだろう？

そして、あの沖本の態度が、そして表情が、どんな風に変化するのだろう？

武巳は怖くて仕方が無かった。

見たく無かった。しかしこのまま何も言わずに放置してしまう事は、どう考えてみてもできる事では無かった。

寮からは、夕刻の喧騒が聞こえている。

同じ寮に住む皆が生活する、声と音が、漏れ聞こえている。

その日常に踏み込むのが、武巳には怖い。

孤独や暗闇の中に身を置く方が楽な事もあるとは、武巳はこれまでの異常な事件に関わり始めてから、初めての経験だった。

自分が異常の側に立つ者であると自覚していると、暗闇に居た方が楽になる。

だが、それは日常とどう付き合えばいいのか判らなくなるからであって、元は光の当たる側に居た武巳には、闇の中の安息が停滞に過ぎないと理解していた。

それは、未来に繋がるものは殆ど生み出さない。

空目が、そうであるように。

「…………」

だが、ずっとこうしても居られない。

武巳は意を決して玄関に近付き、ドアを開けた。

こんな逡巡をしながら、前にも同じようにドアを開けたと、武巳は既視感を感じる。

ドアを開けると、中にはもう数人の寮生がロビーに見えて、皆の話す喧騒が、よりはっきりとした。

一瞬だけ眩しく感じた寮内を照らす電灯の明かりに照らされながら、武巳は中に入り、ドアを閉める。靴をスリッパに履き替えるが、そうしている自分の顔に表情が無い事を、武巳は自分で感じていた。皆の間をすり抜けるようにして、武巳は廊下を歩く。そのまま自分の部屋に向かい、やがて辿《たど》り着《つ》いた自分の部屋の前に立ち、ドアノブを掴む。

ひやりと、金属製のノブの冷たさを感じる。

逡巡が、生まれる。

そして、

「…………なんだ？　これ……」


武巳は、呟いた。

ノブを握ったまま武巳は動きを止めた。武巳の握り締めた金属製のドアノブが、異常に冷え切っていた。

外は確かに寒いと言っても良い気温だったが、それでもなお異常だと判るほど、ドアの温度は低かった。武巳はノブを摑んだまま周囲を見回したが、周りにあるのは、ただ寮の日常ばかりだった。

皆が話し、笑い、怒り、生活する日常だ。

そんな日常のざわめきの中で、武巳は一人だった。

このドアの向こうにあるものが何だったか、武巳は思いを巡らせた。

今はきっと、沖本が居る筈。だが同時に、武巳は今朝方に自分がこの部屋で見たものを、感じたものを、はっきりと憶えていた。

部屋にあった異常を。

あの〝空気〟を。

あの〝気配〟を。

あの〝足〟を。

そして――クロゼットから転がり落ちた、あの〝人形〟を。

実は、武巳はあれから一度、昼に部屋へと戻って来ている。驚き、困惑し、恐れ、迷った武巳は、とにかくあの〝人形〟をどうにかしなければと思い、〝人形〟を処分するために戻って来ていたのだ。

武巳は、〝人形〟をこっそり捨てようと思っていた。

だが今朝、恐怖にかられて〝人形〟を放り込んで閉じてしまったあのクロゼットを、武巳はどうしても、もう一度完全に開く事ができなかった。

垣間見た白い〝足〟が、脳裏をちらついた。

そしてそこから、クロゼットの中にあるかも知れない、白い人体の姿が、妄想となって脳裏をちらついた。

もしも〝それ〟が現れたら、武巳は正気で、あるいは無事で居られる自信は無い。それに何より、あの〝人形〟をどうすれば〝怪異〟が止められるのか、武巳は全く、確信が持てていなかった。

知識が無かった。

見当も付かなかった。

そしてその時、武巳は悩んだ末に――また学校に戻って、木村圭子、すなわち小崎摩津方の姿を探したのだった。

ひどく安易で、危険で、プライドの無い苦肉の策だった。

そう思いつつ、武巳は恥を忍んで、また危険を承知で、摩津方に訊ねた。

摩津方は「どうすれば良いか」という武巳の問いに、あの幼さの残る少女の貌に老獪な笑みを浮かべて武巳を嘲笑った。だが武巳を嘲笑って面罵しつつも、どこか上機嫌に、その対策となる手段を語ったのだった。


『────委細は分かった。貴様に知恵も力も勇気も無いと言うのならば、貴様の持っている携帯をクロゼットに放り込め』


そう摩津方は言った。

『け、携帯？』

『そうとも。お前、あの夜のメールはそのままか？』

その問いに、はっ、と武巳は思い出した。あの夜、武巳の部屋にあの〝足音〟が現れた時に摩津方から送りつけられた、あの奇妙なメールの事だった。

アルファベット十六文字の、短いメール。

摩津方が〝護符〟と呼んでいた、あの謎のメールだ。

『あ……ある！　ちゃんと消さずに取ってある！』

思い出し、勢い込んで答えた武巳に、摩津方はふんと鼻で笑った。

『馬鹿め。消したとしても効果は変わらぬわ』

『へ？……え？』

『お前がメール本体を消しておったところで、〝護符〟の力は変わりはせん。〝護符〟の力の本質は物品では無く、作り手と使い手の無意識だ。ひとたび力を持てば、隠そうが失《な》くそうが壊そうが、効果が消える事は無い。むしろ作成したものをわざと消し去る事で、無意識の領域に〝護符〟を完成させる技法もあるほどよ。

ともあれ、貴様の携帯には、一度私の手で〝四つの聖なる神の名〟が刻まれている。あらゆる魔神とその影響からの守護を司《つかさど》る〝護符〟よ。それを〝門〟に放り込めば良い。付け焼き刃だがいくらかの効果はあろう』

摩津方は言った。あまりにも簡単だったが、事実そのメールに武巳は助けられたし、それ以後はあの時まで、気配も足音も、武巳の部屋に起こる事は無かったのだ。

『あ……ありがとう。助かった』

この魔道士からの望外の助力に、武巳は素直にお礼を言った。

だがそんな武巳を、摩津方は馬鹿にした。

『良い良い。だが貴様、それで満足なのか？』

『へ？』

『貴様には、己の周囲に降りかかる危機を己の手で根絶しようという、意思と知恵と気概は無いのか？』

『そ、それは……』

そう言われても、武巳は歯嚙みして、言《い》い淀《よど》むしかなかった。

そうしたい意志はもちろんある。当たり前だ。だが武巳には実現できる力は無い。面前で馬鹿にされ、侮られた事への悔しさと反感も、もちろん湧くが、助力して貰った立場でそれを露わにする恥も知っていた。

だから、武巳は黙るしか無い。

だがその様子を見た摩津方は、酷く面白そうな、酷く人の悪い笑みを浮かべた。

『……ふふん、少し興味が湧いた。無知と惰弱が過ぎて縮こまるしかない哀れな仔犬《こいぬ》が、いずれその気になるかも知れぬ時のために、僅かばかりの選択肢をやろう』

そう言って摩津方は、戸惑う武巳に近付き、武巳の手を握った。

『な、何を……』

恐ろしい魔道士の、また曲がりなりにも女の子の手で握られて、狼狽える武巳の手に、次の瞬間、冷たい重みがかかった。

『うわっ！』

武巳の手が、重みで地面に引かれる。見ると武巳の手には、大振りで肉厚の刃物が握らされていた。

黒檀《こくたん》の握りに、読めないアルファベットの刻まれた刀身。

無骨な本物の鋼でできた短剣の重みが、武巳の手の中にあった。

『うわっ！ ちょっと、これは……!?』

『貸してやろう。これはアセイミ。〝魔女の短剣〟だ』

『は？』

『どう使うかは自由だ。貴様が自分で考えるがいい。本物の呪具だ。力がある。力なき故に何もできぬお前は、これを手にして、果たして何をする？』

くくく、と摩津方は笑った。

『こ、こんなの』

『使えんか？ 持つのが怖いか？ 駄目だ。これはお前を試すための実験だ』

腰の引けた武巳を、摩津方は嘲笑った。

『そ、そんな……』

『何事も使う当てが無ければ、ただ私に返せば良い。だがもし使う事になれば、面白い事になるに違い無いぞ。なあ、きっと役に立つだろうて。お前にそれを役立てるための、知恵と、意思と、勇気の、どれかがあればだがな』

『……………！』

そうして——追い立てられるようにして摩津方の前を辞した武巳は、部屋に戻り、クロゼットの中を見ないように少しだけ扉を開け、言われた通り携帯を放り込んだ。そしてすぐさまその扉を閉め、少し待ったが何も起こらず、武巳はそれ以上の確認をする事なく、そのまま学校に戻り、以降はもう帰らなかった。

少なくともその段階で、〝短剣〟を使うような事態にはならなかった。

あと残ったのは、沖本の問題だけだった。

最も、気の重い問題が。

そして。

「…………………」

武巳は、こうして部屋の前に居る。

冷たいドアノブを摑んだまま、〝怪異〟のあった、そして〝人形〟のあった、沖本が帰って来ている筈の、部屋の前に。

開けなくてはならない。開けざるを得ない。

開けたくない理由と、同じ理由でだ。

「……………おーい……沖本ー……」

そんな声では聞こえない事を自覚しながら、武巳は小さな声で呼びかけた。

反応が無い。今度は覚悟を決めて、軽くドアをノックした。

反応は無い。ドアの向こうに感じるのは静寂ばかりだった。武巳は、中に満ちる静寂と、反応が無い事の、無難な理由を考える。だが、留守くらいしか思い付かなかった。しかしこんな時間に、その確率は低かった。

「……」

武巳は、ノブを軽く回す。

ノブは回った。鍵が掛かっていない。留守の可能性は消えた。

中に沖本は居る。だが反応が無い。

どういう事だ？

「沖本？」

言って、そっと、武巳はドアを開けた。

闇。

いきなり目に入ったのは、部屋の中の暗闇だった。

「うお……!?」

武巳は驚いて、思わず小さく声を上げた。

部屋には明かりが点いておらず、カーテンも閉め切られているようで、部屋の中は闇夜にも等しい暗闇に満たされていた。人の居る部屋では無い。何も見えない。ただ武巳の開けたドアから廊下の明かりが差し込んで、武巳の影と共に、部屋の中ほどまで伸びたのが、唯一通る視野だった。

そして、その光が、照らし出す。

部屋の中央。

白い物体。


「っ!!」


ぎょっ、と息を呑んだ。脳裏の記憶が蘇り、ダブり、警告を発した。だがそれは、朝に見たあの〝足〟では無かった。予想が外れた事で、一瞬走った恐ろしい緊張は解けたが、しかし見えたものが何であるか把握した時、武巳はまた別の緊張に意識を強張らせた。

「沖本……」

真っ暗な狭い部屋の真ん中の床に、沖本範幸が座り込んでいた。

見えたのはそれだった。座り込む沖本の上着が、ドアから入り込む光の筋に、白く照らされていたのだった。

深く俯いて表情は見えない。ただ暗闇の中に、座っているのが見えるだけだ。

もう一度声をかけようとして、しかし武巳は一旦思い直す。このままでは声が周りに筒抜けだった。周りに会話が聞こえてしまう。

この部屋の事は、この部屋から出してはいけない。そう思った。それは沖本への配慮のつもりだったが、同時にどこかに別の意味合いも含んでいた。

それほど具体的な自覚では無かったが、心の隅で、もしここで何かの異常事態が起こったならば、絶対周りに漏らしてはいけないと感じていた。武巳は既に〝異常〟の世界に意識と身を置いていた。あの〝異常〟を普通の世界に漏出させる事を、武巳は殆ど本能的に避けようとしていた。

「…………」

武巳はドアから身を滑り込ませるように部屋の中へと入り、後ろ手にドアを閉めた。

部屋は暗闇に閉ざされて、廊下の明かりに慣れた武巳の視界は、その一瞬、シャッターが降りたように完全に奪われた。

武巳は入口の脇に手を伸ばす。部屋の灯りのスイッチを、手探りで押した。だがスイッチを何度押しても、パチ、パチ、と虚《むな》しく音が鳴るばかりで、明かりは点かなかった。電灯が切れたのだろうか？　だから沖本は、こんな真っ暗な部屋に居るのだろうか？

「……………」

手を止め、しばし、立ち尽くした。

無為と動揺。しかし、そうして立ち尽くしているうちに、徐々に暗闇に目が慣れて、だんだんと滲むように視野が広がり、像を結んで来た。

部屋の輪郭。

家具類の輪郭。

そして、部屋の真ん中の狭い床に、座り込んでいる沖本の影が、だんだんと暗闇の中に見えて来た。

「……沖本」

「………ああ、悪い……武巳。明かりは点けないでくれないか？」

名前を呼ぶと、真っ暗な部屋の中で、沖本の影は、そう呟くような声で言った。

胡坐《あぐら》を崩したように座る沖本の影は、身じろぎもしない。武巳には目を向けず俯いて、ただ暗闇の中に座っていた。

「あ、ああ……」

答える武巳。不安だった沈黙は無くなり、まず穏当な会話。だが武巳の緊張は、密かにいや増すばかりだった。

この異常な状況。同室の男の異常な様子。

何があったのか。何をしているのか。暗闇の中でそう思ったが、それを訊ねる事に、強い躊躇を覚えた。

黙る。

自分の呼吸の音。

暖房も切られているのか、部屋の空気が異様に冷たい。呼吸をすると冷気が肺に流れ込んで徐々に武巳から落ち着きを奪い、耐えかねたように唾を飲み込んだ音が、ごろりと大きく喉の浅い所で鳴った。

「……沖本」

武巳は、恐る恐る、沖本の形をした影に話し掛けた。

「何、してるんだ……？」

問い掛けた。影は無言だった。

「沖本……？」

沈黙。

「な、なあ……」

「…………待ってるんだよ」

ぼそり、と影が答えた。

「え、待ってる？」

その声は低く沈んでいる訳でも、何かの異常を含んでいる訳でも無かった。ただ淡々と話す沖本の口調である事が、しかしかえって武巳の表情を引き攣らせた。

暗闇の中に座る影が、淡々と沖本の言葉を話す。

その静けさが、武巳に得体の知れない不安感を催させる。

同じ暗闇の中に自分も居る事に、圧倒的な不安を感じる。

武巳はそんな自分の中の恐れを払拭しようと、必死で言葉を繋ぐ。

「そ、そっか……待ってるのか……」

当たり障りの無い、中身も無い、武巳の言葉を。

「ま、待ってるのか。うん、そっか、そうだよな……」

言いながらどんどん口《くち》の端《はし》が勝手に引き攣る。顔の端が勝手に引き攣る。

努めて明るい声を出そうとする。

だが出て来た武巳の声は、震えている。

「だよな……」

「…………」

そんな武巳の空虚な言葉を黙殺するように、影は答えない。

武巳は耐えられなかった。何か話さなければ。しかし頭が空回りして、ここから続ける話題が何も思い付かない。

「……………えーと」

思い付かない。

「えーと」

否。一つだけ、先程から口にしかけている事があった。

ここで続けるべき、当たり前の言葉があるのだ。

だが、それは禁断の問いに、武巳には思えた。

一つの問い掛け。

「あー……えっと……」

いくら考えても。それ以外に、言うべき言葉は無い。

「えーと……待ってるんだよ、な…………」

だから、言う。

「えっと」

口に出す。

仕方無く。

問い掛けた。

「だ――――誰を？」

「奈々美」

　返って来た。

　武巳の全身に、悪寒が這い上がった。

「……お、沖本！」

　武巳は暗闇の中、沖本に駆け寄った。沖本の正面に膝を突き、肩を掴んで覗き込んだ。沖本の蒼白な顔が露わになって、武巳に目を向けた。覗き込んだ目が僅かな光を反射して、ガラス球のように、ぽつんと光を宿していた。

「沖本、正気に戻ってくれ！」

　武巳は外を気にして声を落としつつも、強い調子で言った。

　表情の無い沖本は、武巳の語りかけを無視して、変わらぬ淡々とした調子で答えた。

「………やめてくれねえ？」

「沖本！」

「悪りぃ。そこ、邪魔なんだわ」

「邪魔、って……」

　沖本はガラス球のような目を見開いて、武巳の顔を見た。

「ああ、だってさ…………見えないだろ。そこに居られたらさ…………」

「は⁉」

武巳はその沖本の目を見て、焦点が合っていない事に気付いた。

目が合わない。武巳の目を見ていない。それどころか沖本は最初から、武巳の顔など見ていなかった。

沖本の目の焦点は、武巳の顔では無く、武巳の背後に合わされていた。

武巳が部屋に入ってから、否、その前から、ずっと、ずっと、ずっと、ずっと――――最初から沖本は、じっと〝そこ〟だけを見詰めていたのだ。

武巳の、後ろを。

気付いて、武巳はようやく、自分の背後に意識が向いた。

沖本の前方に。武巳の背後にあるものに。

つまり――――
ク、ロ、ゼ、ッ、ト、の、扉、に、だ。
途端。

すぅーっ、と、背後から流れて来た冷気が、首筋を撫でた。

「…………!?」

身体が強張った。冷気。緊張。予感。背中の向こうから冷気が触れて、そしてその向こう側に、冷たい〝何か〟の気配が凝集し始めた。

振り返られなかった。

助けを求めた。

「お……沖本……」

「……ああ」

だがその先に居る顔を上げた沖本は、大きく目を見開き、そして――その貌が、その目が、その口が――

笑みの形に、ぐにゃり、と歪んだ。

気付いた。自分の手のひらの感触が妙だった。

沖本の両肩を摑んだ手のひらに、服越しの屍肉《しにく》のような感触が伝わった。

筋肉の弛緩《しかん》した、肩の肉。

死人の感触。

屍《しかばね》の肉。

目の前に、焦点の合わない、まん丸に見開かれたガラス球の目。

影に沈んだ、蒼白な貌。その顔が虚ろな笑みに歪んでいる。

「あ……あ……」

鳥肌と悪寒と絶望が広がった。

武巳の口が、悲鳴を上げるため開かれる。

そして声が、肺の底から噴き出しそうになった時。

不意に武巳の耳に――――小さな〝音〟が、飛び込んで来た。

りん、

あの〝鈴〟の音だった。

武巳の携帯に付けている、あの空っぽの〝鈴〟。その〝鈴〟が立てる『この世のものでは無い音色』が、武巳の背後、すぐ近くから聞こえた。

「!!」

武巳は弾《はじ》かれたように振り返った。

背後を。音の聞こえた方向を。

りん、

クロゼットを。

だがその音はクロゼットでは無く、暗闇の中で見えなかった、クロゼットの扉の足下の床から聞こえている事に、すぐに気が付いた。

そこに明かりが点っていた。

武巳の携帯が、そこに落ちていた。

時間を表示した、ロック画面を光らせていた。

だが、その画面は割れていた。武巳の携帯は力任せに床に叩き付けられ、画面が割れ、微細な破片が飛び散り、そこから小さなあの〝鈴〟が紐に繋がれて、まるで視神経の繋がった眼球のように、ころりと転がってこちらを見詰めていた。

「えっ」

壊されている。

クロゼットの〝怪異〟を鎮めるために、中に入れた携帯が。

魔道士によって作られた、〝護符〟が。

誰が、こんな事を。

「……」

沖本に目を戻した。

目が合った。

「お前か。邪魔してたのは」

4

夕刻遅くの学校。

俊也の目の前に広がっていたのは――――静かな妖幻の世界だった。

しん、と切れるような静寂に包まれた、蒼《あお》い夕闇の満ちる世界。クラブ棟を出た俊也の前に広がっていたのは、そんなこの世の形をした、この世では無い世界だった。

空は蒼い濁りのような色をした雲に一面が覆われ、そこから直接落としたような色に、学校の景色が染め抜かれていた。屋根も、壁も、木々も、地面も、全てがその蒼色の闇の中に沈んで、靄でもかかったように闇にけぶり、時が止まったように停滞していた。

肺を侵すかと思うほどに冷たい空気はぴんと張り詰め、大気そのものが停止していた。

動かない大気に呼吸の実感は無く、ただ呼吸するたびに、口腔《こうくう》と肺が冷気に晒されて、冷たく侵食されて行った。

大気の止まった世界からは音が失われ、耳鳴りがする。聞こえるのはただ自分の呼吸する音ばかりで、それもまるで他人の呼吸のように、自分の体内にありながら、ひどく感覚の遠い音としてしか聞こえなかった。

ひどく現実感の無い世界で、俊也は駆け出す。

流れる景色も、渡り廊下を踏む音も、感覚も、ひどく遠く、ぼやけていた。

走る俊也の横を、渡り廊下の屋根を支える柱と、植え込みの木々が通り過ぎて行った。木々は夕闇の中で黒々と枝を伸ばし、絵本の中の化け物の樹のように、腕を振り上げるようにして威圧的に枝を広げていた。

俊也は渡り廊下を駆けながら、周囲に何度も視線を走らせた。

音も無い、人の気配も無い学校の中、俊也の目は人の姿を捜していた。


「……くそっ！　日下部！　空目！」


捜しているのは、稜子の、そして空目の姿だ。

この〝学校〟のどこかに居るかも知れない二人を探して、俊也は歪《いびつ》な景色が周りに広がる渡り廊下を走っていた。

もし稜子がここに居るならば、できるだけ早く保護する必要があった。

もし空目がここに居るならば、できるだけ早く合流する必要があった。

そしてもし、どちらもここに居ないのならば、できるだけ早くこの〝学校〟から脱出する必要があった。いま俊也がここに居る理由は無い。ここに俊也だけが居たところで、恐らくは何もできない。

俊也は走る。怖れは無かったが、焦りがあった。

息をするたび肺に、胸腔《きょうくう》に満ちる冷気が、焦りを加速させた。空気は停止し、呼吸の感覚も無い。風を切る感触も肌に触れない停滞が、景色と相まって俊也の感覚から現実感を奪って行った。

そんな中を、俊也は駆ける。

俊也は渡り廊下を駆け抜け、一号校舎に辿り着いた。

扉に手をかけて足を止め、校庭を再び見回す。空気の止まった景色はどこまでも蒼い夕闇に包まれていて、まるで時間が止まった永遠の黄昏時のように見え、まだ少しも息の上がっていない俊也を、ただその閉塞感によって息苦しくさせた。

拓《ひら》けていながら、あまりにもこの〝景色〟は閉塞していた。

視界も完全に通らない誰そ彼《たがれ》と、動くものの全く無い景色は、明らかに閉じ込められた者の息苦しさを、俊也に与えていた。

それでも稜子や空目を捜すため、俊也はその〝景色〟を見回す。

冷たく停止した蒼い夕闇を、俊也は少しでも動くものを求めて、目を走らせる。

「……」

いま来た渡り廊下を。

影の落ちた地面を。

植え込みの陰を。そして校庭にわだかまる──黄昏の闇の向こうを。

捜す。見える限り。そして俊也が澱んだ空の下、聳えるクラブ棟の建物に目をやった時、不意に俊也の視界に、動くものが目に入った。

「！」

クラブ棟の壁面に並ぶ窓に、影が見えた。

空目かと俊也は思ったが、その考えは次の瞬間には完全に消え去った。

幾つもの窓に──幾つもの蠢《うごめ》く〝影〟。

古風な造りに似せた窓の向こうに、幾つもの、人の形をした〝影〟があった。

輪郭を歪めるようにして歩き回る、あるいはただ窓辺に佇《たたず》む、幾人もの〝影〟。

それらは、こうやって注視しなければ見過ごしてしまいそうなほど希薄であり、窓の向こうの闇の中に、窓に、壁に、張り付くようにして存在して、闇に溶け、あるいは浮かび上がりながら、まさしく亡霊のように、ゆらゆらと蠢いていた。

それらは人の〝影〟かも知れないが、人そのものではあり得なかった。

薄い〝影〟だけが、海藻のように窓辺に並んで、不快に揺らいでいた。

無数の〝影〟が、闇の中に浮かんでは消える。俊也は微かに鳥肌の浮いた腕を撫でて、その気味の悪い光景に背を向ける。

「……くそっ」

やはり、ここは危険だ。

俊也の吐く悪態も、どこか力弱かった。

起こっている事への理解は初めから捨てているが、それでも見えるもの、感じるものの全てが俊也の気力を奪う。理解を拒否する以上そこに怖れは無いが、それでも〝ここ〟が人間の居るべき場所では無いと、俊也の本能的な部分が、ひしひしと感じている。

「……」

それでも俊也は行動する。

建物の中に入ろうと、一号校舎の扉を開く。それは外に満ちる異常な空気から逃げているようにも見えたが、俊也自身はそうでは無い事を、はっきりと自覚していた。

校舎の中は、逃げ場などでは無い。

むしろ中心に向かっている。この虚ろな〝学校〟の空気の中で、建物内に満ちる空気は奇妙な密度をもって、肌に触れて来る。

空気は動かず、ただ密度と低い温度だけが流れ出る。

中を窺うために、少しだけ開いた扉から。

中に動くものは、見えない。それを確認して思い切り開け放った。途端、どっと中から溢《あふ》れ出《だ》した冷気が、手を、顔を、剝《む》き出《だ》しの皮膚を一斉に撫で、そのまま外に広がる空疎へと流れ出して、溶けるように拡散して行った。

冷気を吐き出した扉の向こうには、無人の廊下が延びていた。

この〝世界〟を満たす蒼色の闇が濃密にわだかまる、しん、と静まり返った学校の廊下が、視界が通らない闇の向こうまで真っ直ぐに延びていた。

空気の冷え切った、暗い通路。

教室に繋がる扉と窓が、通路の両側に並んでいた。

「……」

その中へ、足を踏み出した。

緊張と冷気で顔が強張り、実感のない呼吸の音ばかりが虚ろな空気に響いた。

一歩、一歩、足を進める。こつ、こつ、と床を踏む足音が、廊下の薄闇に吸われるように、遠く広がって、静かに消えて行く。

静寂に触れた聴覚が、きーんと耳鳴りを起こす。

靄のように広がる薄闇の中に、俊也はただ無言で、歩み入る。

進むごとに薄闇に隠されていた通路の先が、柱が、壁が、露わになって行く。だが、さらに奥の奥にわだかまる闇は、いくばくか進んだ程度では、その奥を見通すまでには、到底至らなかった。

建物の中は時間が停止したような、止まった空間だった。

外ですら感じた閉塞感はますます強くなり、意識を圧迫する。

空気も、音も、俊也以外のあらゆるものが停止した孤独な空間。今までここで見た、自分以外の動くものは、先程見た、実体なく蠢く、あの無数の〝影〟だけだった。

だがその時。

すーっ、

と俊也の視界の端を、不意に大きな影がよぎった。

「！」

視界の右端を、一瞬だけ通り過ぎるように埋めて、影が消えた。それは俊也の右手側、通路に並んだ教室と廊下を隔てている磨りガラスの窓に、まるで教室の中に誰かが居て窓の前を横切ったかのように、現れて消えたのだった。

「……」

俊也は身構える。

影はもう、その残滓も見えない。

磨りガラスの光は教室の大窓から入っているのだろう、あの薄明るい蒼い光を、ぼんやりと廊下へ透過しているだけだ。

その向こうに――――何かが、居る。

この磨りガラスの向こう、教室の中に。

薄い窓と壁を挟んですぐの場所に、何か動くモノが居る。捜している空目か稜子であれば、言う事は無い。だが中にいるモノがその二人では無く、それどころかそもそも人間ですら無い事を、俊也はほぼ疑っていなかった。

「……」

だが、俊也は中を検める。

空目達の可能性が僅かでもある以上は、選択肢は無い。

しん、

と窓を隔て、何の気配も無い、教室の様子。俊也は息を止めて気配を殺し、磨りガラスの前に立って、窓枠に手を掛け、そして音を立てないように細心の注意を払いながら、静かに窓を開けて行った。

そっと静かに。

まずは、細い隙間を。

窓枠をずらすように指一本分——

その瞬間目が、合った。

何の気配もさせず、窓の向こうに女の顔があった。

「…………………………っ！」

息が止まった。凍り付いた。

真っ白な女の顔が、大きく見開いた目だけを覗かせて、窓の隙間から、じぃーっ、と俊也を凝視していた。

何の表情も無い、目と顔。

表情を動かさず、呼吸の気配もさせない〝顔〟と、至近距離で目が合ったまま、身体が、時間が、その場に固まった。

そして―――――這い出した。

女が〝手〟をこじ入れた。白い五本の指が、隙間を食い破る芋虫のように蠢きながら、蟲《むし》の群れが巣から湧き出すようにして、ぐにゃぐにゃとおぞましく窓から這い出そうとした。

それは人間の形をしていながら、明らかに人間では無い、筋肉も骨格も無視した原生生物のような動きだった。正常な人間の指では為《な》し得ない、正常な神経では考えられない身の毛のよだつ冒瀆《ぼうとく》的な動きをして、激しく表面を波打たせながら、その〝指〟は窓の隙間から噴き出すように激しく這い出した。

「…………‼」

指は潰れ、歪み、伸張し、無作為に表面を波打たせながら変形を繰り返した。指一本だけ開いた隙間から出て来た〝指〟は、ぐじゃぐじゃと凄まじい勢いで変形を繰り返し、あたかも一個の軟体生物のように、おぞましく〝手〟となって飛び出した。〝手〟は窓の隙間から出た途端、重力に従って窓枠から落下し、尾のように細い腕を窓の隙間に引《ひ》き摺《ず》りながらだらりと壁に垂れ下がった。そして次の瞬間、弾ける鞭《むち》の動きをして、凄まじい速度で跳ね上がり、俊也の顔へ向けて宙を跳びかかった。

「ちぃっ！」

刹那、俊也の反射神経が考えるより先に動き、窓から飛び退《との》きざま打ち払った。手刀で打ち払われた〝手〟は勢い良く叩き落とされたが、それは腐ったゴムのような感触を俊也の手に残し、びゅるん、という形容が相応《ふさわ》しい動きで窓の隙間に吸い込まれた。

「くっ！」

俊也が再び窓へ目をやった時、そこから〝顔〟も〝手〟も消えていた。即座に窓に駆け寄り引き開けた。だが教室はもぬけの殻で、あの〝顔〟の持ち主らしきものは一見して、室内のどこにも見当たらなかった。

いま見た光景が幻覚であったかのように、何も無い教室。

手に残る感触が錯覚であったかのように、静まり返った教室。

「…………」

見回した。

何も無い。

だが、

視界の端で机の一つに、びゅるん、と素早く〝何か〟が入り込んだ。

目を向けた。

もう何も無い。

すでに姿は無くなっていた。だが俊也の目は、その一瞬の断片を確かに捉えていた。

「…………」

教室の後ろの方にある机の中に、恐ろしい素早さで潜り込んで行った。動きはまるで巣に逃げ込む小動物のようだったが、それが小動物のような可愛《かわい》げのあるものでは無いのも、はっきりと見えていた。

白い〝手〟が――――手首から伸びる腕の先に、潰れた頭部を引き摺りながら。

机の中に消えた。そしてその机は、俊也とは縁もゆかりも無い全く知らない机では無く、あろう事か、俊也の記憶の中にある机だった。

校内に蔓延《はびこ》る〝まじない〟と〝怪談〟を調査した時に、確認しに来た事があるのだ。

それは噂で『呪われた机』と呼ばれている机で、噂を知っている人間は誰も座らない、とされている席だった。

聞くところによると、とある自殺した女生徒が最後に座っていた席で、今も呪いが残っているという。裏を取ってみれば、根も葉も無かった。そんな事実は無い。ただ一つ実際授業中に、その机に座る生徒が、ただの一人も居ない事を除けばだ。

そんな席に、白い〝手〟が、潜り込んだ。

机の中から白い手が伸びるという、まことしやかに語られていた、噂の通り。

「………………！」

俊也は窓枠を摑んだ手に力を込め、奥歯を噛み締めて、机を睨み付けた。

この〝学校〟の置かれている状況を、改めて目の当たりにした。一刻も早く、ここから脱出すべきだった。

空目は、稜子は、どこに居る？

どこを捜すべきだ？

俊也が考えながら、通路に再び目を向けた、その時。

「……」

俊也の身体がゆっくりと窓から離れ、窓枠を持っていた手が、下ろされた。

そして通路の奥の闇に半身を向けて、俊也は静かに、そちらへ向けて身構えた。

声がした。

「気に入ったか？」

俊也が身構えた先の闇は、まずそう言って、口の端を歪めた。

その嘲笑を含んだ、しかしひどく平坦《へいたん》な言葉を黙殺して、俊也はその男に、強張った表情で目を向けた。

廊下にわだかまる闇の中に、いつの間にか男が立っていた。

茶に染めた長髪と、大柄で引き締まった体躯《たいく》。両の手をズボンのポケットに入れて無造作に立っている姿は、どことなく斜《しゃ》に構えていると言うよりも、荒んだと言った方が適切な印象が付きまとっている。

あの宣戦布告を行った、〝魔女の使徒〟。

「確か――――広瀬《ひろせ》、だったか？」

「ああ。どうだ？　楽しんでくれてるか？」

影の落ちた顔を上げ、広瀬由輝男《ゆきお》は、にやりと笑みを浮かべた。

「楽しいか、だと？」

「ああ。そうだ」

不愉快を露わに吐き捨てる俊也に、広瀬はポケットから手を出すと大きく闇の中に腕を広げて見せた。

「ようこそ、我らが〝夜会《サバト》〟へ。ささやかだが楽しんでくれ。そうでないと俺は困る。どうやら俺はそのために、こうして新しい形を受けたらしいからな」

十二章　夜会

1

蒼い夕闇の落ちた、学校の廊下。

「――――これが、お前らの言う〝夜会〟か？」

俊也の言葉に、〝高等祭司《ハイ・プリースト》〟広瀬由輝男は頷いた。

「ああ、そうだ。ヨーロッパじゃサバトの会場にあった場所は呪いを受けて、草一本生えない不毛の地になるとか言われてたらしいぜ」

そう言って、笑う。日焼けした健康そうな顔に、その冷笑は相変わらず、何故だがひどく病的な印象が付きまとう。

「全く、そんな馬鹿なって感じだよな。でも俺達の〝魔女〟に限って言えば、それほど間違いじゃねえんだ」

　広瀬はそんな笑みを顔に貼り付けたまま、一歩、そして一歩、足音を立てずに闇の中から踏み出した。

「伝説ってのもそれほど嘘じゃねえ。でも、嘘ばっかりだ。ま、その辺の事はそっちの魔王様の方が詳しいだろうよ。俺の知ってる事は全部借り物ばっかりだからな」

　無言で睨み付ける俊也に、語る広瀬。広瀬の言う事は全く理解できなかったが、その言葉は皮肉げではあっても、決して冗談めかしてはいなかった。

　顔は笑いを貼り付けているが、目は全く笑っていない。それどころかその目は、笑いどころか、他のいかなる人間的な感情とも相容《あいい》れない、全く別の種の生物のとでも言うべき目をしている。

　いや、生き物と言ってよいのかも判らない。

　強いて言うならば、昆虫的と言った方が近い。

　そんな瞳が二つ埋まった顔に、人間の表情を浮かべた男は、まさしく忌まわしい作り物の人間に見えた。そんな異様な〝魔女の使徒〟は、じっと俊也に目を向けたまま、舐《な》めるように視線を這わせると、再び口を開いた。

「……で、その魔王様だが、姿が見えねえな。どこに居る？」

「…………」

俊也は微かに眉を寄せたが、答えはしなかった。てっきり彼等のせいで、分断されたのだと思っていた。だが俊也は、余計な思考をやめる。今は空目がこの〝魔女の使徒〟の認識の範囲外にある事が判っただけで、収穫としては充分だ。

「はぐれたか？　そしたら、さすがに知らねえか」

広瀬は少し離れた場所から、俊也の表情を覗き込むようにする。

俊也は答えない。すると広瀬はそのうち何がおかしいのか、背中を丸めて、くつくつと笑いを漏らした。

「いや、知ってても言わねえな、お前は」

「……」

笑う。この広瀬とはもう何度か顔を合わせたが、やはりこの〝使徒〟の言動には微かな違和感が付きまとった。言動そのものは、全く疑いの無い人間のものだが、しかし『反応』としてその言動が現れる時、その反応の因果関係にズレのようなものがあるのだ。

まるで擬態として人間の振りをしている、全く別の存在のように。

俊也は警戒しながら、無言でそんな広瀬に目を向け続ける。

そのうち広瀬はぴたりと笑いを収め、何事も無かったかのように顔を上げた。

「まあ、いい。そっちの魔王様は、お前の後でゆっくり捜すさ。今はお前だけでいい。俺達の催しに、少し付き合って行けよな」

「！」

言うや否や、広瀬の背後にある廊下の曲がり角から、何の合図も無く示し合わせたように、幾人かの人影が姿を現した。

背後の入口からも同じだけの人間が。

囲まれた。俊也は視線だけを向けて、それを確認する。

容貌も性別も違う、若い男女だ。たぶん全員が生徒。広瀬を含めて十二人。

「……〝魔女団《カヴン》〟」

唸るように呟いた。

「そうさ。俺達の〝魔女〟が集めた〝第三のカヴン〟。俺達の与えられた形だ」

広瀬が言うと、俊也を囲む全員が一斉に同じ表情をして笑った。

目の形、口の角度、全てが型で押したような同じ表情。それは彼らが個では無く〝群体〟であるという印象が決定的で、広瀬一人を前にした時はそこまでの確信は持てなかったが、こうして集まると明らかだった。

「じゃあ始めるか。つっても、もう始まってるんだがな」

群れの中心で、広瀬が言う。

群れの〝口〟として。そんな相手から視線を外さずに、俊也はいつでも動けるよう、静かに体重を移動させる。

身構える俊也を、広瀬とその〝カヴン〟は嘲笑うかのように、無機質な、しかしひどく有機的なもので覆われた笑みと視線で囲む。この〝使徒〟達が何をしようとして、果たして自分がそれに対して何ができるのか、俊也はともかく、覚悟を固める。

とは言え、こうして目の前に人間の形があるから、俊也は身構えているに過ぎない。

ここに居る間の形をした者達が本当に人間なのかも、俊也は断言できない。むしろ物理的な殴り合いになるなら余程わかりやすくて良い。

俊也は広瀬を見据え、動向を探る。

そんな俊也を品定めするような目で見やると、広瀬は拳を俊也に向けて突き出す。

「お、喧嘩か？　やるか？」

言って、拳を見せ付けるように何度か開き、握って見せた。それを見る限りでは喧嘩自慢の素人だ。何をされても即座に対応して、すぐさま組み伏せられるよう、さらに体重を移動させる俊也。

広瀬はそれに気付いているのかいないのか、何も対応しない。

俊也の準備に気付かない格闘の素人だと判断しつつ、俊也には測れない技量を持っている事も同時に警戒していると、広瀬は突き出していた拳を、これ見よがしに、いかにも残念そうに下ろした。

「あー……俺としては、お前を全員で袋叩き《ふくろだた》にして殺して埋めてもいいんだが、それじゃ意味が無えんだよなあ」

そして言った。

「なあ、お前──〝サバト〟というのは何のためにするか、知ってるか？」

突然の、そんな質問。

「……」

「〝サバト〟ってのは、〝ウィッチ〟どもが、悪と恐怖を広めるために、企画と実践と儀式を行う場、なんだとさ」

答えない俊也に、そもそも答えなど最初から期待していなかったのか、広瀬はすぐに言葉を続ける。

「それからもう一つ、『悪魔』に〝ウィッチ〟の認定を願って、新しい〝ウィッチ〟を作る場でもあるんだと。〝ウィッチ〟どもは余所から子供を攫って来て悪魔の前に連れ出す。そしたら悪魔に気に入られた子供は『印』をもらって〝ウィッチ〟にされる。逆に見込みのない子供は細切《ほそぎ》り肉のシチューにされちまうんだそうだ」

「…………」

俊也は眉を寄せる。何のための話か察しかねた。

それでも俊也は無言を貫き、特に訊き返しもしなかった。だが疑問が顔に出たのを、広瀬は見逃さなかった。

「分かんねえか？」

広瀬は嘲笑うように、表情を歪めた。

そして言った。

「お前だよ。この学校が〝サバト〟だ。そんで〝子供〟が、お前だ」

「……!?」

その広瀬の言葉に含まれたニュアンスは、謂《い》わば勝利宣言だった。流石に俊也も聞き流せなかった。

「何だと……」

「お、やっと聞く気になったか？　でも遅え。今この場所にいる事が、もう〝サバト〟そのものなんだよ」

喜色を浮かべる広瀬。

「お前はもう『悪魔』に試されてるんだ。『異界』に取り込まれた奴は『異界』になる。このままここにいる限り、お前はいずれ〝ウィッチ〟か〝シチュー〟になるんだ」

「ふざけるなよ！」

「いやあ、どうかな。現にもう、だいぶ自分に現実感が無かったりしねえか？」

「……っ！」

「でもお前はまだマシだ。お前は『異界』に触れた経験がある。慣らされてるから、いきなりこの『異界』に放り出されて自我が壊れたりしねえ。長く耐えられるし、〝ウィッチ〟になれる確率は高い。その辺は今までの経験と、そっち側の魔王様に感謝するんだな」

敵対的に俊也は唸る。だが広瀬は、ただ笑うだけだった。

「ははっ、よかったなあ。マジで羨ましいよ」

「…………！」

「そうでなきゃ、腹ン中では『異界』を拒否してるお前じゃ、あっという間に『異界』に喰われて〝シチュー〟になってただろうさ」

笑う。

「〝細切り肉のシチュー〟だよ。なあ、なんか思い出さねえか？」

笑って、俊也を見る。

「なあ？　そう〝シチュー〟だよ。ほら、あの――――〝できそこない〟どもだよ」

「!!」

その言葉を聞いて、ようやく俊也の中で広瀬の言葉と、自分の知識とが繋がった。

空目に聞かされた事。

自分自身の見て来た事。

全てが繋がった。つまり――――人の身で『異界』に取り込まれた者は、『異界』の狂気の中で自分の形を失い、あの不定形の肉の塊、〝できそこない〟と化す。そしてごく一部の者はそうならずに還る術《すべ》を見付け、空目のような〝帰還者〟となる。広瀬はそれを俊也に求めている。広瀬と〝魔女の使徒〟達は。

求めているのだ。〝魔女〟が。

「楽しみだなあ、どうなるだろうなあ」

「どっちも御免だ……」

俊也は唸った。このままではつまり、広瀬が〝ウィッチ〟と呼ぶ〝人間では無い人間〟と化すか、このまま『異界』へ捕らわれて、哀れな〝できそこない〟と成り果てる。自動的にその選択を強いられる。それがこの〝夜会〟。それこそが、この〝魔女の使徒〟広瀬由輝男が宣言した、〝第三のカヴン〟による、〝サバト〟の正体。

「……気付いたみてえだな」

広瀬は笑った。

「なら、俺の仕事は半分終わったな」

そう言うと、広瀬は伸ばした髪をかき上げて、満足気に目を細めた。

「こいつをお前達に説明するのが、俺の仕事だ。そしてお前達が逃げないようにする事が、もう一つの仕事だ。わざわざ俺達がお前をどうにかしなくても、お前は『異界』によって勝手にどうにかなる」

「ふざけるなよ……」

「ははっ、だからって俺達全員から逃げれるか？　それとも俺達を全員ぶちのめしてここを通るか？　いいぜ、どんだけ時間のロスになるだろうな？」

「……！」

悪態を吐きながらも、俊也は焦った。

おそらく、彼等の言う通りなのだろう。何とかしなければ、俊也は多分徐々に『異界』に喰われて行く。自分だけでは無い。彼らは何も言及していないが、いま学校内のどこかに居るかも知れない稜子も。それにあるいは、もしかすると、空目も。

「お前ら……!!」

胸の底から、怒りが湧いた。

目の前に居る、この薄笑いを浮かべた群体どもに、焼けるような怒りが湧いた。

だが、怒り、そして現状を諦める気も無かったが、間違い無く〝自覚〟はあった。

そう。もう既に、このように、自分自身の身体の現実感が——

「………………………………」

「理解したか？」

急に押し黙った俊也に、勝ち誇った様子で、広瀬は言った。

「もし自我が保てなくなるようだったら、この世界のどこかにいる〝魔女〟に会えば、形だけなら助けてくれるかも知れないぜ」

「…………」

俊也は無言だった。

「そうすれば、俺達のように、なる」

「…………」

「〝魔女〟にはその力がある。俺達〝魔女の使徒〟は皆、失われた〝形〟を〝魔女〟から補われてる、鏡の中の『異界』に呑み込まれて、自分の形を保てなかった人間だ。当たり前だよな。『異界』にいきなり放り出されて、自我を保てる奴なんかそうそう居るかよ。仮に『異界』に入り込んじまう適性があっても、そこで自分を保てるくらい強い自己意思を持つ奴なんか、その中でもさらに一握りだ。あの時に三十六人消えて、一人もまともには還れなかった。そして〝魔女〟は、壊れた俺達を造り直した」

「…………」

ようやくそこで、俊也は顔を上げた。

俊也は、広瀬に尋ねた。

「……お前も、そうか？」

「ああそうだ。だが俺は、まだマシな方だな」

広瀬は答えた。

「なあ、知ってるか？ 広瀬由輝男って男は、そりゃあすげえ選手で、陸上部で有名だったんだぜ。だが右足を怪我《けが》しちまって、選手としては駄目になった。そしたら顧問も仲間も女子どもも、自分のプライドも、あっという間に広瀬由輝男という男の存在を石コロみてえに扱うようになって——それからずっと死ぬ事ばっかり考えてた。そんな時に、『異界』に飲み込まれたんだよ」

他人事《ひとごと》のように言って、広瀬は自分の右足に手をやった。

「そんで、『異界』で当たり前に狂った。自分の形も殆ど無くなっちまった。だがな、馬鹿馬鹿しい事に、これだけ残った」

瞬間、広瀬がべしゃりと溶けた。

「右足だ。あれだけ嫌いだった右足を、俺は自分の中で一番憶えてたワケだ」

俊也の目の前で広瀬はあっという間に溶け崩れ、縮み、見る見るディテールを失って、小さな白い屍肉の塊になった。

そして唯一形があるのは、投げ出された一本の白い右足。

だがあるのは腿《もも》の中ほどまでで、そこからは溶けた粘土のように崩れ、床の上で蠢いた。

残った溶けた肉の塊は常に輪郭を崩し、その表面は何とかして人間の形を取ろうと、絶え間なく変形していた。指が出鱈目《でたらめ》に生えては溶け、髪の毛が浮いては呑み込まれ、そして口が開くと――くぐもった声で言葉を発した。

『おまえも、こうなる』

そう、言った。

そして次の瞬間、『口』は大きく開き、世にも壊れた声で哄笑《こうしょう》を上げた。げらげらげらげらと耳を引き毟《むし》るような不快な哄笑を上げる、おぞましい肉の塊が、そこにはあった。溢れ出すように『口』が発する狂った哄笑は、静寂を破壊して廊下に響き、それに共鳴するようにして周囲の〝使徒〟達が、壊れたように口を開けて、次々同じような笑いを上げ始めた。

げらげらげらげらげら！

げらげらげらげらげら！

響き渡る狂った笑い。

静謐だった空気が、壊れた笑い声に呑み込まれた。

共鳴する〝使徒〟達は、振動で壊れそうなほど、次々と口から哄笑を溢れさせる。共鳴は共鳴を重ねて大きくなり、通路が振動するほど、空気に満ち溢れる。

げらげらげらげら！
げらげらげらげら！

頭が割れるような笑いを上げながら、蒼い闇の中に林立する〝使徒〟。
耳を押さえて歯を食いしばる俊也に、広瀬だった肉塊が『目』を見開き、あの型で取ったかのような『笑顔』を生やして、表面に保持して嘲笑って見せた。
耳が笑い声に押し流され、思考が笑い声に塗り潰された。
目の前にあの『笑い』が、ゲラゲラと震えて、感情が真っ赤に塗り潰されて――――

「うるせえっ！」

突然、廊下の全てに響き渡るような大声で怒鳴ると、俊也は広瀬の『笑顔』を、渾身《こんしん》の力で蹴り飛ばした。ばちぃん!!　という凄まじい音を立てて、濡《ぬ》れた重い手応えと共に肉塊は大きくひしゃげて、表面にあった『口』も『顔』も激しく潰れて壊れた。

「ふざけやがって！」

俊也は凄まじい表情を浮かべて、もう一度、丸太を振り回すような蹴りを見舞った。再び恐ろしい音を立てて肉塊は大きく歪んで吹き飛び、びしゃっと濡れた音と共に壁に激突して、廊下の床に潰れ落ちた。

ぴた、

とその一瞬で、あの耳障りな笑い声が止まった。

肉塊は沈黙し、共鳴していた〝使徒〟の群れも大きく口を開けたまま、マネキンのように何の声も立てなくなった。

俊也は肩で息をしながら、かつて広瀬だったものを、見下ろす。激しく息を乱していた。それはダメージのせいでは無く、蹴りのせいでは無く、疲労のせいでも無く、ただ偏《ひとえ》に自分の中で荒れ狂う感情によってだった。

これほどの感情は、何年ぶりだろうか。

苛立ちや憎しみでは無い、ただ純粋な、胸を焼く〝怒り〟は。

「ああ、たった今、よく分かったよ。お前らと、俺という生き物がな……！」

俊也は凶暴に目を細め、大きく口を歪めて言った。

「畜生、こんな気分は久し振りだ。小学校以来だ。ずっと忘れてたよ、畜生がっ！」

ぐしゃっ、と音がした。俊也が広瀬の肉塊に浮き上がろうとした『顔』を、思い切り踵《かかと》で蹴り潰したのだ。

「ありがとうよ。俺に必要なものが、やっと解った。多分『敵』だ。お前らを『脅威』じゃなく『敵』だと思う事を忘れてたよ。人は『怪異』に手を出せないだと？　知った事か！　問題はできるかじゃねえ、やる気かどうかだ！

ああ、俺の身体はこうやって動く。その気になれば、俺はいつでも気の済むまでお前らを殴る事ができる。ずいぶん長いこと忘れてたな！　最悪に不愉快な奴は、思い切り殴っていいんだって事を！　それと逆の事は、幼稚園で習ったんだっけな⁉」

俊也は自分の上着の心臓の辺りを鷲摑《わしづか》みにし、何度も何度も肉塊に蹴りを入れながら、廊下をぶち抜くような大きな声で叫び続けた。

「……ああ、現実感が戻ってんな。お前らのおかげだ」

やがて一旦、叫ぶのを止めた俊也は、肩で息をしながら、言った。

「お前らの存在が、俺を自分に引き戻してくれた。この身体に！　意思に！　俺に！」

そして再び、声を荒らげ、踏み付けるような重い蹴りを何度も肉塊に叩き込む凶暴な作業を再開した。

「俺にできる事は一つ、相手をぶちのめす事だ！　やっと思い出したよ。お前らが目の前に居る限り、もう俺は見失わねえ！　俺のできる事をだ！　惑わしやがって！　俺のできる事はお前らが決めるんじゃねえ！　何をやるかは俺が決めるんだ！」

何度も蹴り付ける。そのたびに湿った肉を蹴り潰す重く凄まじい音が、廊下に、空洞に、闇に、響き渡る。

そして。

「――――――よーく、解った」

やがて俊也は、ようやく蹴りを止めた。

そして胸元を握り締めて皺《しわ》のついたブレザーから、手を離した。

俊也は乱暴な足取りで、広瀬の肉塊を、もはや一瞥もせずに、歩き出した。追う者も、立ち塞がる者も、声を出す者も居なかった。死体のように無表情な〝使徒〟達の沢山の視線が見送る中、俊也の呼吸と足音だけが、静かな廊下の闇に響いた。

『くく……』

やがて背後から遠く、広瀬の笑い声が聞こえてきた。

俊也はそれを黙殺し、角を曲がり、一号校舎を出た。

外に広がる闇を見据えて、俊也は呟いた。

「〝魔女〟……！」

奴等の言っていた事が正しいなら、〝魔女〟は〝ここ〟のどこかに居る。そうなれば目指すべき場所は、それほど多くは無い。

…………

2

「なあ……武巳」

底冷えする沖本の声。

「何で、お前が邪魔するんだよ……」

「…………！」

武巳は知覚していた。

自分の表情が、恐怖に引き攣っている事を。

「何でだよ……俺はただ……」

「…………！」

「奈々美に逢いたいだけなのにさ…………！」

「…………！」

引き攣った口元から細い息が漏れる。

がちがちと歯の触れ合う音が、小さく頭蓋に響いた。

「なあ……」

「…………！」

「何でだよ……」

身体が震える。

「奈々美……」

「……………!」

「奈々美ぃ……!」

「………………………!」

がちがちがち、

がちがちがちがち……!

暗闇に包まれた寮の部屋で、武巳は、沖本と間近で向き合っていた。

部屋の真ん中に座り込んだ沖本を、覗き込むようにしゃがんだ武巳の左肩は、伸ばされた沖本の右腕で、しっかりと掴まれていた。

先程まで沖本の肩を掴んでいた武巳の両手は、今は沖本の身体から外されている。引っ込められた武巳の腕は逃げる先も見付けられず、ハンガーで吊《つ》られてでもいるかのように、行き場も無く宙に浮いている。

武巳は怯えていた。

武巳を覗き込む沖本の目は、今にも眼球を吐き出しそうなほど巨大に見開かれていた。

暗闇に浮かび上がる蒼白な顔面に、収められた二つの目。それらは瞬きの一つもせず、暗闇を映して、ガラス球のようにぽつんとだけ光を宿している。

無機質に光る目に、武巳は見据えられていた。

沖本の顔をしていたが、最早その表情は、武巳の知っている沖本とは違うものだった。いかなる感情も見出せない、目だけを見開いて、凍り付いた表情。そんな貌をした沖本の口からは、怒気と哀切を凝集させて作り上げた、淡々とした問いかけが、淡々と、淡々と、淡々と、紡ぎ出されている。

「なあ……何でだよ……」

「…………！」

「なあ……なあ……」

「…………！」

その〝問い〟に晒され、武巳は答えられなかった。

答える言葉を、武巳は持たなかった。そもそも何かを答えようにも、すでに喉の奥は掠《かす》れた呼吸をする以外、持っている機能を忘れてしまっている。

沖本は感情を喪失した目で武巳を覗き込み、答えの返って来ない問いを続ける。

それは初めから答えなど待っていない訴えのようにも聞こえた。ただ淡々とした声で言葉を紡ぎ、喉と胸を切り裂くような訴えを、沖本は切々と続ける。ただ奈々美の事を、武巳へと、あるいは自身へと、語り続ける。

「なあ……俺はただ、奈々美に逢いたいだけなんだよ……」

「…………！」

「だってよ……納得できるわけねえだろ……あんな突然にさ……何の説明もなく奈々美が居なくなるなんてさ……」

「…………！」

「死んだ？　何でだよ。何をしたってんだよ、奈々美がさ……何で死ぬんだよ。まだ十七なんだぞ？　そんな馬鹿な事があるかよ。あいつ、ずっと将来の事まで考えてたんだぞ？　あいつは俺みたいな、いい加減な奴じゃないんだ。俺が先の事なんか考えて無いって言ったら、あいつ怒ったんだぜ？　未来を見ないなら何のために生きてるんだ、って。俺はその言葉に感動して――――それなのに、なんでその『未来』が、失くなっちまうんだ……？」

淡々とした言葉で、しかし激しく語られる沖本の言葉。それらは、二年近い付き合いがある武巳ですら、今まで聞いた事の無い激情だった。

ずっと沖本が、胸の中に仕舞い込んでいた思いだった。

大事に大事に仕舞い込んでいた宝物だった。

「俺は楽しみにしてたんだ。奈々美の『未来』をさ、それを話す奈々美をさ……」

壊れたそれを沖本は、嘔吐《おうと》するように吐き出していた。

「奈々美の『未来』は、俺にとっても『未来』だったんだ。あいつは偉いし凄かった。あんなに自分の『先』を楽しそうに話す奴なんて、俺は見た事が無かったんだ。それが、何で……何で……！」

沖本は吐き出す。凍り付いた顔で、言葉で。

無機質な、目で。

「何で…………！」

武巳は知る。その目の無感情の正体を。

それは感情の澱みだった。悲しみと怒りと苛立ちと悔しさと、それら全ての遣《や》り切《き》れない感情を何週間も澱ませた坩堝《るつぼ》だった。遣り切れない巨大な感情を破滅的な密度で煮詰めた、負の感情の混合物だった。

使命感で普段の生活を送るため、完全に表面を塗り固め、その奥で沸騰し続けていた感情の成れの果て。あまりにも強烈で膨大な感情を胸の中で煮詰め続け、その混合と腐敗が果てまで行き着いた、どす黒くも哀《かな》しい感情の極致。もう何も感じなくなるほど、果てまで行き着いた感情。だがそれでもなお、まだ沖本は悲しんでいる。

行き着いてもなお、沖本の感情は未《いま》だに自らの胸を焼き続けていた。

一見いい加減で気の良いこの男が、ずっと胸の中に隠していたのが、〝これ〟だった。

強い感情と感受性。そして今なお持続する強い想い。自分の中に収め続け、いつまでも治まる事なく煮詰まり続けた思い。それらが自らの中身を破壊し尽くしてなお、まだ飽く事なく続いている、凄まじい悲嘆と行き場の無い怒り。

気圧《けお》されて、恐怖した。

こんな感情は、もはや人間の持ち得るものでは無いとしか思えなかった。

「……奈々美ぃ…………！」

沖本は、言葉を紡ぎ続ける。

武巳の肩に、凄まじい力で指先が食い込む。

「…………‼」

薄い肩の肉と、骨に、震える指先が押し込まれる。

痛み以上に恐ろしかった。震えているのが自分なのか、それとも力を込めた沖本の腕なのか、もう判別など付かなかった。

沖本の感情のせいなのか、武巳の恐怖のせいなのか。

それともこの身に染み込んで来る、部屋に満ちる冷気のためか。

――――りん、

背中で、〝音〟が聞こえた。

また〝気配〟が強くなった。自分の背後にある気配だった。

今までも、ずっと気配はあった。ただ沖本への恐怖の方がずっと強烈で、それを気にする余裕は無かった。

――――りん、

背中から流れる冷気が、ずっと強くなり続けている。

気配が強くなって行く。沖本の狂気に、匹敵しそうなほどに。

がちがちと、歯の根が合わない音が顎で響く。

心臓が、今にも止まりそうなほど苦しい。

恐ろしい。逃げたい。

だが、もう武巳は身動きが取れない。肩を掴まれている。足が萎えている。体の芯が凍えている。心が萎縮している。

「武巳ぃ……」

目が、沖本からは離せない。

闇の中に浮かんでいる沖本の目を見詰めながら、武巳は背中に凝集して行く〝気配〟の存在を感じている。

やばい！　やばい！

背中に触れそうなほど、はっきりとした生き物の気配。

意思のある、しかし命のある筈の無い、池の水のように冷え切った〝人間〟の形が、背後に現れようとしている気配。

それは、死人の気配。

それは、化け物の気配。

それは、人間になりそこなったモノの気配。

「……奈々美ぃ…………」

それは、

奈々美の気配。


反響するような、鈴の〝音〟。

そしてとうとう武巳の背後に現れた〝気配〟は、もぞ、と身じろぎした。

不定形に歪む、冷たい人間の気配が、武巳の背後で動いた。立ち上がり、足を進め、歪んだ手を伸ばし、背後のクロゼットの扉に手をかけた。

そして――――

ぎぃ。

ぞっ、と大量の冷気が、背中に触れた。

武巳は目を見開き、顔の皮膚を引き攣らせて、声にならない絶叫を心の中で上げた。

「――――――!!」

顔の、腕の、全身の体毛が、凄まじい悪寒に逆立った。異形のものが立つ気配。異形の死人が立つ気配。

クロゼットに、死者が立つ。

振り向きもできない、見えない背後。

死者が、足を進めた。クロゼットの中から、部屋の中へと。

ぎしっ、

床が鳴った。出て来たのだ。クロゼットから〝それ〟が。

目を向けずとも、そのあまりに強い〝気配〟は、ありありと形が判った。歪み、定かでは無い上半身。しかし悪夢のように、それだけがはっきり形を成す、一対の脚。

成型しようとして、それが叶っていないかのような体。

脚だけが、脚として存在している。

バラバラに寸断した死体の余りのような、単体で存在する足。

そんな気配が、クロゼットから歩み出る。

ぎしっ、

武巳の背後に。

その呼吸が聞こえそうなほどに。

頭の中で悲鳴が上がる。恐怖の叫び。だが喉は引き攣り凍り付いている。がくがくと震える呼吸を、今にも嘔吐しそうに、絶え絶えに繰り返すばかり。

ぎしっ、

近付いた。気配が背中を圧迫する。

死人の〝脚〟が背後に立つ。心の中で絶叫する。

――――ああああああああああああああっ!!

ぎしっ、

ぎしっ、

ぎしっ、

来た。そして足音が――――背後に、立った。

「…………………………!」

視線を感じた。

視線が背中を見下ろしていた。背中に立つあまりにも強烈な気配に、視線が自然とそちらへ向かった。

気配に引き寄せられるように目が下を向き、横を向く。
視線が床を這って、脇から、背中を覗き見ようとする。
――やめろ。
見たくない。
――やめろ、やめろ。
見るな。
見てはいけない。
――やめろ、やめろやめろやめろやめろ!
無駄だった。
――見るな!!

背後に立つ茶色の靴が。

視界の端に、はっきりと入った。

瞬間。

「うわああああああああああああああ――――っ!!」

見覚えのある奈々美の革靴に、武巳は今度こそ本当に絶叫を上げた。

そして視界の外にある奈々美の〝上半身〟が、背中に手を伸ばして来るのを感じた。身をよじろうとしたが、固まり切った身体は動かなかった。視線だけが空《むな》しく駆け巡り、無意味に床ばかりを舐めた。

見えたのは、自分の脚、放り出された鞄。床の模様、ベッドの脚。

脱ぎ捨てられたスリッパ、開いた鞄の中身、沖本の脚。腿に置かれた沖本の左手。

そしてその手に握られた――――白い、〝どうじさま〟。

見た瞬間武巳は絶叫し、必死で自分の鞄から覗いている物を掴んだ。重い感触が鞄から引き抜かれて、〝それ〟が鞄の中から姿を現す。黒檀の柄が施されたその大振りのナイフは、闇の中で『ぬらり』とした有機的な光を放った。

そして――――震える手で〝魔女の短剣《アセイミ》〟を引き寄せた武巳は。

知恵も意志も勇気も無く、ただその時に考え得る、最も安易で短絡的な方法を、その場で実行した。

「うわあ――――――――っ！」

恐怖の叫びを上げた武巳は、手にした刃物を〝人形〟に突き立てた。

その瞬間、沖本も恐ろしい叫び声を上げ、凄まじい混乱と闇の中で、上がった叫びがどちらのものかさえ、もはや判別できなくなった。武巳は絶叫しながら、何度も〝人形〟に〝魔女の短剣〟を突き刺す。震える手は狙いも定まらず、そして〝人形〟を持っている沖本の手も区別などできず、沖本の左手は〝人形〟もろとも刃の嵐に晒され、見る見るうちに肉が裂けて鮮血が噴き出した。

凄まじい形相の武巳は、ナイフを逆手に握り、何度も何度も振り下ろした。肉厚の刃が肉に突き立って、ビニールを引きちぎるような感触が手に伝わり、ぬめる液体がそこから飛び散って、手に、顔に、降りかかった。やがて指を切られた左手から、白い〝人形〟が床に転がり落ちる。それを見た武巳は大きくナイフを振り上げて、床に落ちた〝それ〟に、渾身の力で振り下ろした。

「わあ————っ！　奈々美、奈々美ぃ————っ！」

叫んだ沖本は、あろう事か落ちた〝人形〟を自分の手で覆い、庇った。庇った手の甲に振り下ろされたナイフが突き刺さり、ごりっ、と骨に当たった切っ先が逸れて、引き千切るようにして肉を切り裂いた。

「うわあああああああああああっ!!」

それでも武巳は絶叫しながら、狂乱の中、容赦なしにナイフを振るい続ける。肉を引き裂く手応え、骨をえぐる感触、引き抜くたびに暗闇の中に血が飛び散り、手に、顔に、服に、ばらばらと雨のように当たる。

がりりと指の骨に当たった刃が逸れて指の肉を削《そ》ぎ、手の骨が割れる音と感触。

それらのおぞましい感触が、武巳をさらに恐慌状態に引き摺り込む。

痛みを感じていないかのように〝人形〟を庇う沖本の手に、何度も何度も何度も渾身の力で切っ先を打ち込み続ける。沖本の手の甲に血の穴が開き、指が異様な方向にへし曲がる。それでも全身で〝人形〟に覆《おお》い被《かぶ》さろうとする沖本の顔を、左手で押し除《の》けながら、武巳は執拗《しつよう》にナイフを振り下ろす。

刃が沖本の手を貫通し、抜けなくなった手を、武巳はもろともに振り上げた。肉を抉《えぐ》る感触と、骨と骨の間に入った刃が骨をこじる手応えがして、沖本が絶叫した。それでも構わずに武巳は、沖本の手もろとも〝人形〟へとナイフを振り下ろした。その狂乱の刃は、とうとう〝人形〟を捉え――――そして肉厚の刃が〝人形〟の首を削ぎ落とした瞬間、沖本が、それから武巳の背後に居た〝気配〟が、全くの同時に、凄まじい絶叫を上げた。

3

俊也は、ようやくその場所に立った。

「――――ちょっとだけ、意外だな」

無言でそこに立つ俊也を迎えた声は、特に俊也の出現に驚いた様子は見せず、だが少しだけ首を傾げるような調子で、そう声を掛けてきた。

「うん。意外だなあ。貴方《あなた》が〝影〟の人と分かれて行動してた事も」

「……」

「それから貴方が、その〝道〟を選んだ事も」

「そうかよ」

俊也はそれだけを答える。それは簡潔な受け答えというよりも、どこか話を聞き流しているような、どことなくいい加減な印象の響きをしている。

「うん────ちょっと驚いたな。〝シェーファーフント〟君」

「……ふん」

そう俊也を呼ぶ十叶詠子《よみこ》の言葉に、俊也は軽く鼻を鳴らした。

そこは学校の裏の裏。校舎を抉るような場所に設《しつら》えられた、誰も存在を知らない『花壇』のある場所だった。

聳える校舎の壁に三面を塞がれた、植物への日当たりを度外視して作られた『花壇』。ここはかつて理事長が〈儀式〉を行い、生徒を人柱として埋めていたという、あまりにも忌まわしい来歴のある場所だった。

いや、恐らくは、今もそうなのだろう。

今、詠子は『花壇』の縁に腰掛けて、楽しげな表情で俊也を見ていた。

そしてその周りには、〝魔女の使徒〟達が皆一様の笑みを浮かべて立っていた。バラバラの容姿と服装に、しかし型で押したような同様の笑み。その笑みはそれぞれの個性を完全に無視して、この集団に全く均一の印象を与えている。

中にはあの広瀬と同じく、〝高等祭司〟を名乗った者の姿もある。

だが今の俊也はそんな一群など、全く眼中に無かった。

警戒はしているが、俊也の目が向いているのは〝魔女〟ただ一人。そんな俊也の視線を受けて、詠子はにっこりと、屈託なく微笑んでいる。

「……貴方は随分、昔を取り戻しちゃったねえ」

詠子の俊也を見る目は、あくまでも穏やかだった。

「残念だな。もう貴方を〝シェーファーフント〟とは呼べないね」

「知らねえよ」

俊也の答えは、にべもなかった。

「そうだね。もう今の貴方は、そんな事は興味ないよね」

それでも詠子は、屈託が無い。

「でも言わせてくれないかな？　私に貴方が最初に会いに来た時、私は貴方に〝名前〟を付けた、その思い入れがあるの。だから最初に貴方が私を訪ねて来た、その時のままで、私は貴方と話をしてる。もう貴方の心には届かないと思うけど、私は本当に、貴方達を気に入ってるんだよ。今もそう。そして、今までも。これからも。私はずっと、貴方達の本当の意味での味方なんだもの」

「……」

俊也の表情は動かなかった。話に興味が無かった。そして止める理由も。

「貴方は最初、私に『異界』の知識を求めてやって来たよね」

「……」

「そして貴方は、あの時は確かに〝シェーファーフント〟だった」

「さてな、どうだったか」

「でも、今は違う。貴方は昔そうだったように、〝狼《おおかみ》〟へと戻ってしまった。貴方は〝犬〟にはなりきれなかった。犬は決して主人を疑ったりしない。あの〝ツベルクスピッツ〟の子みたいに。それが犬の忠誠だもの。

例え身体を半分ひき潰されても、犬は主人を見たら尻尾を振るよ。貴方も、素質はあったのにね。貴方も一度はそうなりたいって思ったのに。でも〝狼犬〟の本質は野生だから、それがきっと一番、貴方らしい魂のカタチなのかも知れないね」

「くだらねえな」

吐き捨てる俊也。それでも詠子は楽しそうだ。

「……ふふふ。いいなあ。この〝夜会〟に招待した甲斐《かい》があったな。悩む貴方は可愛かったけど、美しくは無かったもの。忠誠を疑う〝シェーファー〟は無様だものね。今の方がよっぽど綺麗。

おめでとう。〝夜会〟は宴《うたげ》だよ。『悪魔』の前に子供を連れ出して、その子が〝魔女〟になれるか判別する宴。子供が立派な〝魔女〟になったお祝いの宴。素質の無い子は、残念だけど溶けてしまって、宴のお料理に。でもお料理だって宴の主役」

詠《うた》うように、詠子は言う。

「そうか」

俊也は、特に感慨も無く呟く。

「俺は〝魔女〟になったのか。残念だったな。お前は俺が〝シチュー〟になって欲しかったんだろう？」

俊也は問うた。詠子は「まさか」と微笑んだ。

「貴方は誤解してるなあ。誰であってもあの〝できそこない〟になって欲しいなんて、私は一度だって思った事は無いよ？」

同意を求めるように、詠子は首を傾ける。

「でも――そうだよね。だけど、みんなそうなってしまう。だけど、それは仕方の無い事じゃない？　貴方が〝できそこない〟になるかも知れないと思ったのは本当だけど、私は貴方に自分の在りかたを自分で決めて欲しいと思っただけで、〝シチュー〟になって欲しかった訳じゃないよ。

もし貴方が自分を失って〝できそこない〟になったら、私は仕方なく貴方に代わりの形を与えたと思う。だけどそうじゃないなら、これほど嬉しい事は無いな。そうね。貴方は正しく言うなら〝魔女〟とは言えない。貴方はとっくに捨てた筈の〝狼〟の心性を自分の中から汲《く》み上《あ》げた、ただそれだけ。貴方は〝魔女〟でも〝人〟でも無い。

それはきっと、あの〝影〟の人と会う前の貴方だよね。貴方の抱えてた心の虚《うろ》よりも、もっともっと深い虚を見付けて、その深さに心酔する前の貴方。そうね――貴方は〝魔女〟というよりも、〝狼人《おおかみびと》〟の方が正しいかな？　〝魔女〟も〝狼人〟も、どちらも『悪魔』と取引した同じものだって言われてた。〝魔女〟は宴で。〝狼人〟は森で。どちらもそこで自分だけの『悪魔』を見付けて、心の中に飼っている。『悪魔』を見付けられなかった子は〝シチュー〟になっちゃう。『悪魔』を見付けた子だけが、この『異界』と向き合える……

いいなあ、本当にいい。まさか貴方みたいな存在が生まれるとは思わなかった。〝使徒〟みたいなのばかりじゃ詰まらないじゃない？　貴方が生まれたなら、この〝夜会〟はそれだけで価値があったよ。私はね、皆を、この〝夜会〟に招待するつもり。貴方みたいな子が他にも生まれるといいねえ。『異界』を怖れない子。だけども『異界』を受け入れない子。〝魔女〟では無い〝人間〟の子。だけど〝人間〟には交われない子」

詠子は目を細める。俊也に、まるで美しい獣でも見ているかのように。

そんなうっとりと語る詠子に、俊也は口を開いた。

「下らん。どうでもいい」

詠子の言葉を切り捨てた。

「お前と俺が何であれ、これだけは確かだ。俺は完全に、お前の〝敵〟だ」

俊也は言い切った。

少し寂しそうに、詠子は答えた。

「そうね。でも、それは仕方ない事だから……」

そして言う。

「仕方ない事だから、私だけは、貴方達を愛するよ」

にっこりと、微笑んだ。俊也は厭なものでも見たように、不快げに顔を歪めた。

「……それでも、お前は味方と言うのか」

「ええ」

「なら、一つ訊いてもいいのか？」

「どうぞ？」

うんざりした表情の俊也の問いに、詠子は小首を傾げる。

「お前は〝ここ〟で、何をしている？」

答えない可能性を承知で、俊也はこの状況の目的を問う。しかし詠子はその問いに、ひどく
あっさりと、答えを返した。

「ここでね、私は〝人柱〟を立ててるの」

詠子は言った。

「………なんだと？」

「〝人柱〟が、必要だから」

俊也は眉を寄せる。それは理事長がやっていた事で、詠子がそれを潰した筈だった。

山ノ神とやらの堰であるこの学校の〝人柱〟を、詠子は台無しにした筈だ。言っている事に整合性が無い。訳が判らない。

「……意味が判らねえ」

俊也は首を横に振る。

「まあいい。どうでもいい。お前らが何かやってるなら、俺は潰すだけだ」

そして俊也は、ぎりっと右の拳を固めた。

詠子の言うように『異界』への怖れと共に、興味も俊也は失った。ただ、そこにあるものが全て。そして何をしたいかが、俊也の全て。

「何をどうすれば、潰せるんだろうな……」

俊也は呟く。

「お前を殴れば……いや、全員を殴れば、少しは止まるか？」

一人呟きながら、俊也は一歩前へ踏み出した。

「……うーん。残念だけど、まだ、貴方には無理かな」

詠子は『花壇』の縁に座ったまま、微笑んだ。

「貴方の持ってるのは『異界』への耐性だけだもの。それだけのただの〝人間〟じゃ、変化させる力は無いと思うな」

詠子は、そう言う。

「それに、貴方が『人間』なら、『怪異』に手を出せば傷つくのは貴方だけって、知ってるでしょう？」

「そうか」

鼻を鳴らした。

「……関係ねえな、もう。肝心なのは俺がどうしたいかだ」

「そうだよねえ……」

嘆息する詠子。

「死のうがどうなろうが、知った事か。俺のやりたいようにやる。ここで怖れて、今まで馬鹿を見て来たからな」

歩み寄る俊也。詠子は、静かに立ち上がる。

「じゃあ……貴方の好きにしていいよ？」

詠子は言った。

そして俊也に道を空けるように、『花壇』から、脇へと避けた。

周りを囲む〝使徒〟達も、詠子に従い両脇に黙って広がる。音も無く人垣が割れて、俊也から『花壇』までの、真っ直ぐな道ができる。

罠《わな》にも見える対応に、俊也は訝しく眉を寄せた。

だが俊也は躊躇せず、『花壇』へと歩み寄り、中へ踏み込んだ。

「………」

道を空けた〝使徒〟達の脇を、警戒しながら、しかし大股に通り抜ける。『花壇』に近付くと〝使徒〟の一人が不自然な笑みを貼り付けて、楽しそうに俊也へと囁《ささや》く。

「さあーて。どうするのか、とくと拝見」

芝居がかった口調で言う、眼鏡の男。ひょろ長い印象の男。あの〝高等祭司〟の、赤城屋《あかぎや》とかいった男だ。

黙殺し、俊也は進む。

見通せるようになった『花壇』の中には、中央に土饅頭《どまんじゅう》のような、盛り土がしてある。判りやすい〝人柱〟の光景だ。俊也は盛り土へと近寄る。近寄ると、どうやら盛り土の向こうに、穴があるように見えた。

この盛り土は何かを埋めた跡では無く、埋める前の土らしい。

花壇の黒土に口を開けた、黒々とした穴。

まだ、その中までは窺えない。

俊也は周囲を警戒する。しかし〝使徒〟達は近寄って来る様子も無く、ただ薄笑いと共に、遠巻きに眺めるばかりだ。

「………」

俊也は、穴へと近寄った。

少しずつ、穴の様子が露わになってきた。

想像以上に深い穴だ。底に、水の代わりに闇を満々と湛えている。

夕闇の光が届かない穴。

その様は、まるで洞穴のよう。

「…………」

俊也は、穴の縁に立つ。暗い穴を、覗き込む。

そして俊也は、そこに見た。

穴の底に、胎児のように身体を丸めた〝子供〟が居た。

穴の底で眠る、女の子。髪を二つ分けに縛った、五、六歳の女の子。

どこかで見た面差しだった。

俊也はしばし記憶を探り――――そして、思い出した。

瞬間、俊也は周りの〝魔女〟達を激しい動作で振り返った。穴の底で眠るこの少女の顔を、
俊也は一度見て、知っていたのだ。

「……お前ら……！」

そんな俊也に、笑いかける詠子。

「どうかな？」

「お前ら……こいつは……！」

そこまで言った俊也は、湧き上がった無数の感情に言葉を塗り潰された。

「こいつは……！」

知っていた。この少女は。

この少女は――――あの鏡の事件の時に、詠子が鏡から引き出した、稜子の死んだ姉だという少女だった。

楽しげに、詠子は笑った。

「そう。でも連れ帰る方法は無いよ」

くすくすと、笑う。

「たとえ一度引き離しても、すぐにここに戻って来るよ。この子は望んでここに居る。みんなの記憶に、残るために」

「この……！」

「この子は可哀想な、誰からも忘れられた女の子。でもここで〝人柱〟になれば、誰もが記憶してくれる」

「お前……！」

「みんなが忘れてしまった女の子に、もう一度形を。可哀想な女の子に、みんなで形を与えてあげるんだよ。あっちの世界での準備が終われば、この子は〝人柱〟になれる。そうすればこの〝学校〟がある限り、ずっと皆に憶えて貰えるよね。このままじゃ、この子は形を失うばかり。可哀想な、忘れられた女の子。だから、この子に役目をあげるの」

詠子は微笑む。優しく、ただ優しく。

「この子が、寂しくないように」

「………………！」

嚙み締めた奥歯が、ぎり、と音を立てた。

「貴方に、何かできる？」

小首を傾げて、詠子が訊ねる。

「この子のために、何か別の事ができる？」

「……」

「ほら」

詠子は、穴の奥を指差した。

俊也が釣られて目を向けると、今まで女の子であったものが、その瞬間、みるみる輪郭を崩し、その形を失い始めた。

容貌が溶け、輪郭が歪む。

可愛らしかった女の子は瞬く間に、見るも無残に溶解した、白い〝できそこない〟の肉塊と化して行く。

「……………………！」

「この子の事を憶えてる人は、もう殆ど居ないよ」

息を呑む俊也に、詠子は言った。

「後は、形を失って行くばかり」

可哀想だよね、と詠子はもう一度言う。

「そうなる前に、助けてあげたいと思わない？」

「………っ！」

「みんなに忘れられるなんて、これほど哀しい事は無い。まだこうして、ほんの少しの人達がこの子の姿を憶えているうちに」

ふと見れば先程の溶解が幻覚だったように、少女は元の姿を取り戻していた。

この女の子を救えるのは、詠子だけだという事だろう。

俊也は一度、目を閉じた。

そして一秒で目を開ける。

決断していた。一瞬だった。

「知った事か……っ！」

直後、俊也は自分の胸の辺りまである穴に、躊躇なく飛び込んでいた。

女の子を踏まないように着地すると、その女の子を片手で抱え上げ、穴の縁に手を置いて支えにすると、一挙動で穴から飛び上がった。目を覚まさない女の子を抱きかかえると、俊也は一度、〝魔女〟とその〝使徒〟達をぐるりと見回した。体温の無い少女の身体は、どこか湿った重みを、俊也の腕に伝えて来た。

「知った事じゃねえよ」

俊也は、〝魔女〟を見た。

そして興味深そうな目で見やる〝魔女〟に、俊也はきっぱりと宣言した。

「今までが惑わされていた。不可能かどうかは、やってから決める」

「へえ」

「お前の言葉はくびきだ。〝魔女〟め」

その俊也の言葉を聞くと、詠子はとてつもなく嬉しそうに、微笑みを浮かべた。

「凄い凄い、それを言われたのは初めてだよ」

心の底から嬉しそうに、詠子は言った。

「でもね、少し違うよ――――言葉は全て、くびきなの」

俊也は、もう耳を貸さなかった。

少女を抱えたまま、俊也は『花壇』から駆け出した。〝使徒〟の間を駆け抜ける。追い来る者は無く、俊也は瞬く間に生贄の『花壇』を抜ける。

そして『花壇』から、視界の通らなくなる裏庭から、今まさに、出ようとした。

だがその刹那――――〝魔女〟が、口を開いた。


「そう――――〝軛《くびき》〟」

瞬間、全身を悪寒が襲った。


「!!」

詠子がその一言を発した瞬間、流し込まれたかのように全感覚に悪寒が走り、直後に言葉が楔《くさび》のようにがつんとした衝撃を伴って体の芯に打ち込まれ、そして今まで何ら障害にもならなかった周囲の空気が、突如として粘性をもって全身に重く絡み付いた。

「どうやって、〝ここ〟から逃げるの？」

「………………!!」

足が止まる。それは悪夢に似ていた。

足が、身体が、水の中に居るかのように重い。進んでいるつもりが進んでいない。脂汗が噴き出す。

「貴方は『異界』から還れるの？　自分だけで」

「ぐ…………！」

むしろのんびりと間延びしていた詠子の言葉は、その様相は変わらないまま、比較にならないほどの重圧を帯びる。〝魔女〟の言葉の本性だった。精神を、魂を侵食する。言葉が空気に流れ出しただけで、周囲の世界が変質し、歪む。

身体の現実感が無くなり、足が先に進まなくなる。

悪夢の中で足が重くなり、少しも前に進まない、あの感覚と、焦燥。

「……くそっ！」

歯噛みした。前に進もうとしたまま碌に動かない身体から、冷たい汗。

抱えた軽い少女の身体が、ひどく重く変わる。足元の土に靴底がめり込む。それは実在の重さなのか、それとも足に篭もった力ゆえか。

それでも進もうとして、足がもつれる。

身体が傾ぐ。耐える。だが込める力とは裏腹に、上半身を支え切れなくなる。

膝が落ちる。歯軋《はぎし》り。そして抵抗も虚しく身体が倒れ。やむなく腕の中の少女を庇って、背中から地面に倒れ込んだ時────

ざすっ、

と砂を踏む足音と共に、黒い靴が俊也の視界に入った。

そして、

「……無事か？」

とひどく冷静で無感動な声が、俊也の頭上から、静かに投げかけられた。

4

この異常な世界で発されるには、あまりにも冷静な声。

「無事か？」

「———空目……」

地面に倒れ込んだ俊也は、まるで魔法が解けたような気分で、その言葉の主である黒ずくめの名を、半ば呆然と呼んだ。

「待たせた」

蒼い夕闇の空を背に、空目は漆黒のコートを着て、夕刻に落ちる影のように、そこに立っていた。俊也が見上げる先にある表情は、普段と何の変化も無く、ただ感情の乏しい目で、倒れた俊也を見下ろしていた。

「……」

空目の視線はすぐに俊也から外されて、俊也の抱えているものを、次に『花壇』を、それから〝魔女〟達を、順に見て取る。そうしてから空目は目を細めると、その白い貌を、ひたと静かに〝魔女〟へと向けた。

傍らには、薄闇の中で異様に鮮やかな臙脂色のケープを着たあやめと、緊張した面持ちの稜子が立っている。二人ともそれぞれ心配そうな目を、俊也へと向けている。

進み出た稜子が、俊也の脇に膝を突いた。

「だ、大丈夫？　村神クン」

声をかける稜子には答えず、俊也は空目に声を掛けた。

「日下部は……そっちが見付けてたか。良かった……」

「ああ」

空目は俊也を見ずに、言葉だけ返す。

「あの〝チャイム〟の直後に、日下部から俺の携帯に電話があった。初めから俺達と合流するつもりだったらしい」

「そうか……」

呟く俊也。あのとき部室から一人で飛び出したのは、とんだ先走りだったらしい。どっと疲れが出た。

「早まったか、俺は」

「そうだな。あの時も、それに、ここでも」

「そうか」

空目と言葉を交わして、俊也は空を見上げて、息を吐く。

自嘲と疲労と、少しの安堵と諦観。だが空目は、そんな俊也の自嘲に対して、次にこんな事を言い出した。

「だが村神。そのお前の判断は、結果的には正しい」

「……何？」

俊也は眉を寄せて、空目に目を戻す。

「『〝魔女〟の言葉に耳を貸すな』。これは、お前がそうした事によって〝魔女〟から奪った、大きなアドバンテージだ」

空目が目配せすると、稜子が頷き、俊也の抱えている少女へと、手を伸ばした。

死体であるかのように身動きをしない少女の、膝と首の裏に手を差し入れ、稜子は細腕に力を入れて抱き上げる。

「んっ……！」

「おい」

状況は判らないが、ともかく俊也は身を起こし、それに手を貸す。

稜子は、

「ありがと。みんな、がんばって……」

と少女をしっかりと抱きかかえると、そう言い残して、一目散に駆け出す。前もって打ち合わせていたらしい素早い行動。俊也は説明を求めて空目を見るが、しかし空目は〝魔女〟から視線を外さない。

それからあやめも、精一杯の厳しい表情をして、その人形のような顔を〝魔女〟とその一団へ向けていた。

「…………」

空気も動かない静謐の中で、空目の秀麗な貌が、〝魔女〟を見据えている。

詠子はあの微笑を浮かべて、空目の無表情を見返していた。

やがて詠子は、小さく首を傾げて言った。

「うーん……〝鏡〟さんは、まだ招待しないつもりだったんだけどなあ」

そんな詠子の疑問に、空目は問うた。

「予定が狂ったか？」

「ううん、予定って言うほどのものじゃ無いんだけどね」

微笑む詠子。その笑みと口振りの中にあるのは、多少の納得のいかなさと、後は純粋な興味だった。

「でも何でかな？　と思って。入って来られない筈だったのに。あの子も貴方も」

そして、ぽん、と胸の前で軽く手を打ち合わせる。

「あ、ひょっとして〝鏡〟さんは呼ばれちゃったのかな？　〝サトコ〟ちゃんに」

「そう言う事だろう」

「そっか」

詠子は小さく肩を竦める。

「それなら納得かな。仕方ないなあ。たった一人の血族なのだものね」

それは例えるなら飼い猫同士にお見合いをさせようとして失敗したような、せいぜいその程度の、邪気の無い無念の言葉だった。

「珍しいお前の失策だな。お前は人間の持つ肉親への情が、どういう働きをするか理解していなかった」

「そうかもねえ」

「それを本当の意味では理解できない。そういう生き物だ。俺も。お前も。いや、世界の認識手段に理屈を使わないお前の方が、より正しい理解が遠い筈だ」

「……」

詠子が黙る。

俊也は座り込んでいた地面から、ゆっくりと立ち上がった。

「空目、あれは──────」

どう言うつもりなのか。どうなっているのか。疑問を口にしようとした俊也の言葉は、空目に遮られた。

「判っている。あらかたの状況は摑んだ」

「！　本当か⁉」

「日下部は『〝サトコ〟のような声に呼ばれた気がした』と言って学校に戻って来た。それを聞いた時に、ほぼ確信した」

そして空目は、断言した。

「全部──────繫がっていた」

「全部？」

「そうだ。この〝人柱〟も、〝座敷童〟も、〝神隠し〟も──────俺達が追っていたものは全てだ。全て、同じものだった」

詠子に視線を向けたまま、言う。その言葉の意味を、流石に俊也は摑みかねた。

「はあ⁉」

「この羽間の地では、これらの伝承と現象は、全て同じものの側面に過ぎなかった」

あやめが、きゅ、と唇を嚙み締めた。

「いいか――――羽間の〝神隠し〟伝承は『神隠しに攫われた者は神隠しになる』というものだった。そして羽間の〝神隠し〟は山ノ神の眷属であり、さらに〝神隠し〟によって異界に連れ去られた者の多くは、自身の形を見失って〝できそこない〟になる。

また羽間の〝神隠し〟伝承は、ほぼ〝座敷童〟の類型だった。そして古来より語られた〝座敷童〟は『手だけ足だけの異形の霊物』でもあり、家の『守護霊』であると同時に、『間引かれ土間に埋められた子供』としての側面を持っている。

そして理事長が行っていた〝人柱〟は、『子供を土に埋めて学校という施設を守る』という性質のものだった。また、そうなる以前に宮司《ぐうじ》家の祀《まつ》っていた〝人柱〟は、『羽間の山ノ神へ慰撫のために捧《ささ》げられる』ものだった。そして山の異界に消えた者が変ずる〝できそこない〟は、〝神隠し〟に攫われたか、あるいは〝人柱〟となった者の成れの果てだ。同時に〝できそこない〟は知っての通り、『手だけ足だけの異形の霊物』と言って問題ない。

つまりこれらは――――全て同じものだ。竜宮童子譚を元にした〝どうじさま〟も、言い換えれば〝座敷童〟の一形態を儀式化し変化させたものだ。全ては一つに繋がる。人を異界へ連れ去る〝神隠し〟。〝人柱〟として埋められた子供である〝座敷童〟。異界で形を失くした異形の〝できそこない〟。これらは全て、この羽間においては共通で、同じもの。全て、同じものの側面を語ったものだ」

「!?」

「かつて山ノ神が在り、人を攫った」

　空目は語る。この羽間と、全ての事件との、隠された関係を。

「攫われた人間は山中の異界で〝神隠し〟となるか〝できそこない〟に変わり、〝神隠し〟は山ノ神のために、さらに人を山へ攫った。やがて宮司家が現れて〝供犠〟を捧げる形でその被害をコントロールし、時代が下って山ノ神を押し留めるための〈堰〉として学校を築いた。そしてそれを〝人柱〟によって維持した」

　遥《はる》か昔より伝わる羽間の〝山ノ神〟と、その犠牲者と、祭祀者《さいし》の『物語』。

　それらがこの学校に伝わる〝怪談〟と、直接的に繋がる。そして――

「そして外からやって来た異物である〝魔女〟が、それら過去から脈々と続いて来た流れを歪めて、別のものを構築しつつある」

　空目は告発する。

「自身の目的の為《ため》に」

「何をするつもりなんだ？　こいつは」

　俊也は問う。

「推測だが――恐らく昔から羽間で行われてきた儀式の、〝反転〟だ」

　空目は詠子に目を向けたまま、答える。

「いま〝魔女〟を火元として拡散している幾つもの〈儀式〉は、羽間の〈祭祀〉の逆の意味を持つものばかりだ。かつて宮司家を初めとする羽間の祭祀者が行っていたのは、こちらの人間を羽間山の『異界』に送り込み、生贄として捧げるという行為だ。

対して〝魔女〟がこの学校に広げた〈儀式〉は、全て『異界』に行ってしまったモノをこちらに呼び戻す事を目的としている。〝どうじさま〟も、〝そうじさま〟、そこの〝使徒〟も。そして、ここに埋められようとしていた〝人柱〟は、異界の者――〝サトコ〟だ。理事長の行っていたものとは真逆。全て真逆。そうなれば〝魔女〟の目的は自《おの》ずと導き出される。羽間の〈祭祀〉の逆の目的」

「逆……」

俊也は眉を寄せる。

そして言う。

「人間を、『異界』に攫わせたり殺させたりするのか？」

「違う」

「じゃあ、こっちの世界に『異界』の化け物を呼び寄せる事か？」

「それは手段の一環でしかない」

「なら………何だってんだ？　こいつのやろうとしてる事は」

俊也は問う。

一拍あった。

空目は答えた。

「羽間の祭祀の目的は、『山ノ神の慰撫』。大人しく眠らせておく事。ならばそのさかしまに当たるものは――――山ノ神を、目覚めさせる事だ」

沈黙が落ちた。

俊也が、空目が、あやめが、詠子を見る。

詠子は無言だった。少し俯いている。

詠子の無言は透明だった。蒼暗い『異界』の静寂の中に広がっている。そしてその沈黙と静寂の後、詠子はその貌に、にっこりと満面の笑みを浮かべて顔を上げた。

「――――うん、合格点かな」

ぞわっ、とその瞬間、周囲の空気の温度が一気に下がった。

冷え切った『異界』の空気の中、その感覚は錯覚かも知れない。だがその詠子の笑みを見た途端、俊也の感覚に、今まで以上の形容しがたい怖気が染み込んで来た。

この話題、この状況の中では、あまりにも屈託が無い、無邪気な笑顔。だがその笑顔は周囲の世界を歪め、狂わせ————それを見る者の精神を破壊しかねないほど心の深奥に突き刺さり、得体の知れない情動の源泉を鷲摑みにするものだった。

理由も無く叫んで逃げ出したくなるような、恐ろしい無邪気さ。

感動と恐怖を一緒くたにしたような感情が、瞬時に胸の中に爆発する微笑み。

俊也も十二分に知っている、〝魔女〟の微笑み。それを知りながらなお抵抗の難しい、絶対的な侵食力を持つ、あまりにも透明な微笑み。

「…………‼」

鳥肌が立った。

だがそれでもその微笑から目を逸らす事ができず、俊也は引き攣った表情で息を吐き、拳を握り締めた。瞬く間に冷気に支配されて行く心の底から、まだ自分のものである感情を探る。

そして見付け出した最も暴力的な感情に縋《すが》り、必死で正気を纏《まと》め上《あ》げ、その魂への侵食に抵抗する。

「ふざけるなよ……！」

絶対者の侵食に、抵抗する。

軋む音がするほど奥歯を噛み締めて、俊也はその絶対の微笑みを、あらん限りの憎悪と殺意を込めた目で睨み返す。

だがそうやって、見えない、しかし火を噴きそうなほどの闘争が行われていた俊也の、〝魔女〟との間の視線を、突然差し出された空目の手のひらが遮った。

「……っ!!」

詠子の顔が見えなくなった瞬間、切り離されたように〝侵食〟から解放された俊也が、たたらを踏むように驚きの声を上げた時――

「あやめ！」

「はいっ……！」

空目の鋭い呼びかけが闇に響いた。直後、あやめが必死の声で応じ――その胸に大きく、『異界』の大気を吸い込んだ。

……………………

＊

「はあっ……はあっ……！」

空目達を『花壇』に残し、逃走した稜子が走っていた。

幼い少女の身体を抱え、蒼い夕闇が落ちる世界を。呼吸を締め上げるような冷たい空気の中を、稜子は必死になって走っていた。

闇のように茂る生垣の脇を。沈んだ色をした校舎の脇を。

息を切らせて。耳が痛くなるような静寂の中、肺が痛くなる呼吸の中、地面の砂を靴が蹴る音と、呼吸の音ばかりが響く。

校庭に生える木立は、次々とお化けのように空を覆って迫り、背後へと流れて行く。

抱えている少女は、死人のように冷たく、生肉を思わせる生々しい湿りを帯び、それでも稜子はしっかりとその身体を抱きしめて、前へ前へと走る。

学校の姿をした『異界』の中を。呼吸を乱しながら。

ただ前へと向けて。学校の正門を目指して、稜子は走る。

「はあ……はあっ！」

これは稜子の役目だった。稜子にしかできない役目だ。

少女を抱えて逃げる。この冷たい『異界』の中を。

腕と胸の内に、少女の冷え切った体を感じながら。

その存在を、感じながら。

「はあっ……お、お姉ちゃん……」

姉の――――存在を。

稜子は、〝サトコ〟の体を抱きしめて、必死で走っていた。

全力で走って酷使され、冷たい『異界』の空気に晒された肺は、もう絶え絶えの息しか吐き出さない。だが肺を締め上げられているような呼吸をしながらも、その息の中から、稜子は必死の思いで、呼び掛けを口にしていた。

「……お姉ちゃん……！」

絶え絶えの息をしながら、それでも稜子は、何度も合間に、〝姉〟の顔を覗き込む。眠っているような、死んでいるような、〝サトコ〟の顔。その白い顔を見ながら、稜子は言葉を掛け続けた。

「……ごめんね……お姉ちゃん………」

そんな、言葉を。

「ごめんね、ごめんね………お姉ちゃんの事……忘れてて………」

走りながら。必死で息を吸い、吐きながら、稜子は言葉を紡ぐ。

「ごめんね……寂しかったよね……私から、忘れられて……」

稜子は走る。

「それなのに……私の中に、閉じ込められて……」

走る。そして謝る。許しを請う。

「……ごめんね……本当に、ごめんね……」

涙が浮かぶ。

「ごめんね……」

冷たい頬を、冷たい涙が伝う。

「ごめんね……」

繰り返しながら、稜子は走る。

こみ上げてくる嗚咽《おえつ》に喉を掴まれて、息ができなくなる。

呼吸か言葉か嗚咽か判らないものを、喉から漏らしながら、走る稜子。

頬から涙が〝サトコ〟の顔に落ちる。もう言葉にならない言葉を吐きながら、稜子は走り、心の中で叫ぶ。

ごめんね……

——たそがれは夜の迎え。在らざる者へ、世界の鍵を。

ごめんね、お姉ちゃん……

——あさぼらけは昼の迎え。在るべき者へ、世界の鍵を。

思い出したから……もう、忘れないから……

——昼の子らや、おうちに帰れ。
夜の門が閉まる前に。たそがれが鍵を差す前に。

もう、ずっと、忘れないから……

——夜の子らや、おうちに帰れ。
昼の門が閉まる前に。あさぼらけが鍵を回す前に。

ずっと……

――夜に閉じ込められた子よ。
昼に閉じ込められた子よ。
鍵をなくしたたそがれと、
鍵をなくしたあさぼらけ。
二度と開かぬ夜の門を、神の娘があけましょう。
二度と開かぬ昼の門を、神の娘があけましょう。
二度と帰れぬ昼の子を、いまいちど家へと帰すために。
二度と帰れぬ夜の子を、いまいちど家へと帰すために――

稜子は気が付いた。

気付くと学校の正門の、一歩外に、稜子は一人、呆然と立っていた。

すっかり日の落ちた山道は、冷たい、しかし不快では無い夜気が広がっていた。

静寂は微かな風の音を含んで、生きた、優しい静寂を広げていた。

「…………」

しばし。稜子はその場で呆然と立ち尽くしていた。

夜気を心地よく感じながら、稜子は開いたままの正門を、ぼんやりと眺めていた。

微かな風が頰に冷たく触れて、稜子は自分が泣いていたという事に気付く。しかし胸の中に悲しみは無く、自分がなぜ泣いていたのか、その実感は無かった。

まるで夢の中で泣き腫らし、目覚めと共に全てが去ってしまった後のようだった。

何か全てを忘れた心地よさの中で、稜子は呆然と、夜の闇の中に立っていた。

しばらくのあいだ稜子はそうしていたが、そのうちに少しずつ、去ってしまっていた記憶が稜子の中に戻って来た。そして全ての感情を思い出した時——稜子は下りていた両腕をゆっくりと上げて、その空っぽの腕を見下ろした。先程まで重みと温度を感じていた二本の腕は、今はただ空っぽで、微かな夜風を感じていた。


「聡子《さとこ》お姉ちゃん………」


稜子はその名前を呟いて、空っぽの腕を、胸に抱きしめた。

腕の中は空っぽだったが、稜子の心は確かに、小さな姉を抱いていた。

両目を閉じ、闇の中で黙禱《もくとう》のように立っていた稜子は、やがて目を開けて、乾きかけの涙をぬぐった。

そして、闇の中で聞こえる足音にようやく気が付いて——学校の中から正門に向かって歩いて来る空目達三人の姿を見て、泣き笑いのような表情をして、その右手を彼らに向かって振った。

…………

……………………

終章　片割れへの呼び声のあと

「ははっ……！　これは凄まじいな。見事なものだ」

しわがれた少女の声が、どこか放心したような表情をした武巳へと投げかけられた。

そこは寮の、武巳の部屋。凄まじい量の血を吸った床と、それに伴う噎《む》せ返《かえ》るような血の臭いが満ちた部屋で、呆然とベッドに座り込んでいた武巳の前に小崎摩津方が現れたのは、すでに夜半を過ぎた深夜の時刻の事だった。

閉まっていた筈の鍵が突然外側から外されると、眠る事もできずに呆然としていた武巳の前に、圭子の姿をした摩津方がドアを開けてずかずかと入って来た。その摩津方の手には金属のリングに無数の鍵が付けられた、古めかしい作りの鍵束が握られていた。

「……これか？　寮の鍵だ。他にもあるぞ？」

質問する気力も無い武巳の視線を受けて、摩津方は少女の顔に老獪な笑みを浮かべ、じゃりんと音を立てて鍵束を振って見せた。

「我らが目的のためこの学校を作ったのだ。当然、出入り自由にするとも」

そして言いながら一度部屋を見回すと、武巳が教えてもいないのに、武巳の机に歩み寄って引き出しを開けた。そして中から武巳が押し込むようにして隠していた、〝魔女の短剣〟を取り出す。摩津方は刃の切っ先を蛍光灯の光に透かし、血の曇りを確認すると、ふふん、と笑って短剣をコートの懐に納めた。

制服の外に羽織ったコートは墨のように黒く、まるで魔術師の纏うローブかマントのような印象で、そしておそらくは実質その通りなのだろうという事も容易に想像が付いた。

摩津方は血が飛び散り、それを掃除し切れていない部屋を、今度はゆっくりと見回した。

そして、にやにやと笑みを浮かべながら、机に寄りかかり、武巳を見た。憔悴《しょうすい》した武巳の様子を、しばらく摩津方は楽しそうに見ていたが、しばしの沈黙の後、笑みを浮かべたまま武巳に話し掛けた。

「やるではないか。ここまでするとは思わなかったぞ」

歪んだ冗談なのか、くくく、と摩津方は声を出して笑った。

「……笑うな」

その笑い声から耳を塞ぐように、武巳はベッドに座ったまま、頭を抱えた。

「こんな事がしたかった訳じゃないんだ……おれは沖本を、〝怪異〟から助けたかっただけなんだよ……」

そして、絞り出すような声で言う。

「こんなんじゃ、ないんだ。違うんだよ……」

半泣きだった。あの恐ろしい、厭な手応えが手から離れず、自分の頭を押さえている武巳の手は、ぶるぶると震えていた。

沖本の手をナイフで滅多刺しにし、〝人形〟を破壊した武巳。

武巳はそれから、かなりの時間呆然とした後、迷った末に、摩津方に電話をした。

どうすればいいか判らなかった。部屋の床は一面血に塗《まみ》れ、手がずたずたになった沖本は気を失ってぴくりとも動かない。一つだけ幸いだったのは、あれほど騒ぎ、悲鳴が上がったにも拘《かかわ》らず、誰も部屋には来なかった事だ。それはそれで異常な現象ではあるのだが。

だが、そうしている間にも沖本の手からは血が流れ出し続け、放って置けば危険な事は一目で判る状態だった。

どうしようも無くなった武巳は、取り乱しながら摩津方に電話を入れた。

摩津方は「判った。任せるがいい」と答え、その後しばらくすると、夜遅くだというのに救急車が寮までやって来た。

その救急車はサイレンも鳴らさず静かに寮の中に入り、そして誰にも知られずに沖本を部屋から運び出して行った。武巳は何の説明も求められず、警察が来るような事も無く、そしてその後も何の動きもないまま、こうして夜半過ぎまで時間が経ってしまった。

「どうだ。私の手配は間違い無かったろう」

頭を抱える武巳に向かって、摩津方は言った。

「学校というのは一種の外国でな。面倒が多いので、無理を言えば無理が通る」

「…………」

武巳は答えなかった。そんな事はどうでもよかった。

「……そんな事は、いいんだ」

武巳は呟いた。

そして、がば、と顔を上げると、

「そんな事はいいんだよ！　それより、おれは本当はどうすれば良かったんだ？　どうやってあの刃物を使えば良かったんだ？　沖本を助けられる正解のやり方は何だったんだよ！　教えてくれよ！」

一息でそう言った。どうすれば沖本にあんな事をしないで済んだのか知りたかった。摩津方の言っていた『正しい使い方』とやらを知りたかった。自分のやってしまった事が恐ろしくて恐ろしくて泣きそうだった。自分の失敗のせいで沖本があんな事になってしまって、申し訳なくて自分の首《くび》を縊りそうだった。

だから訊いた。答えは何だったのかと。

だがそれを聞いた摩津方は、左目だけを顰めたあの笑みを浮かべると、どこか楽しそうな様子で武巳に言った。

「何を言うか。あれで正解だ」

「…………え？」

呆然と武巳は顔を上げる。

「あれで正しい。この〝怪異〟を潰す方法は、〝人形〟を破壊する事、それだけよ。その他に正解など無いわ。この〈儀式〉の元になった竜宮童子譚の結末は知っているか？　ウントクは叩き出され、ヒョウトクは火箸で突き殺された。ショウトクダイシは箒《ほうき》で叩かれ天に昇った。暴力によって〝童子〟が失われる事が、この物語の結末の条件よ。

つまり――――〝どうじさま〟の人形を破壊すれば、儀式は終わる。〝童子〟を失うと同時に竜宮童子の爺が富を失ったように。お前は正しい選択をした。驚いたよ。ただ、少しだけやり方をしくじったな」

「…………!!」

武巳の体から、表情から、力が抜けた。

摩津方は、そんな呆然とする武巳に近寄って、肩に手を置いた。

「なあに、そう気を落とすな。お前はお前なりによくやった」

そして武巳の顔を覗き込むように顔を近付け、嘲笑うように囁いた。

「あとはあの小僧の怪我が大した事が無いよう、神にでも祈れ」

武巳は呟く。この冒瀆的な魔道師から、神などという台詞《せりふ》が出る事が、あまりにも不似合いで、馬鹿にされているように武巳には思えた。

「…………冗談にしても最悪だ」

武巳は顔を上げ、力なく摩津方を睨み、言った。

摩津方は、武巳から顔を離すと、少しばかり心外そうに表情を歪めた。

「何を言っている？　お前は私が〝神〟を信じてないとでも思っているのか？」

「……え？」

摩津方は言った。

「愚か者め。〝神〟を信じぬ者が、どうして『魔術』を信じる。それらは同じものだ。魔術とは神の神秘、そのものの事よ」

「…………え？」

…………

＊

いつでも無い時間、どこでも無い場所。

ただ『夕刻』の、『マンションの一室』であるとしか言えないどこでも無い場所で、一人の男がダイニングテーブルに座って、一人カードを捲《めく》っていた。

男の手が動くたびに、何か宗教的な模様のクロスの上で、タロットカードが表になる。それはどこから見ても一人で占いをしている光景だったが、男はそのカードが何の運命も語らない事を知っており、また自分にはその『運命』さえ、もはや存在しない事を理解している。

カーテンの開いた窓から入る夕刻の薄明かりは、これ以上暗くなる事は無い。

壁にかかった時計も動かない。これでは運命などあろう筈が無い。

ただ、彼に残されたのは過去と、自分にまつわる『物語』のみ。もし『運命』というものが彼にあるのだとしたら、それは誰かが彼自身の『物語』に入り込んでしまった時に、その誰かの『運命』こそが、彼にとっての『運命』そのものと言えるのかも知れない。

彼は、『物語』となった。

そしてこのたびの『物語』は、先程一人の少女がここを去った時に、もう終わりを迎えてしまっていた。

後は、また誰かが彼の『物語』を聞き付けるまで、彼にあるのは『停滞』だけだ。ひょっとすると、このまま誰にも顧みられずに消えるのかも知れない。それならそれでいい。すでに彼にとってはどうでも良い事でしか無い。

彼は、カードを捲る。

誰の為でも無い占いは、無為としては最上級のものだが、それを論じる必要は無い。

今この存在こそが、無為そのものだ。この場所は、誰も見ていない山奥で地面に落ちる木の葉、そういったものに等しい。

誰も認識していない場所で起こる事は、人にとって無いものと同じだ。

彼は、人では無いのだから。

彼こそが、人の認識を待つ木の葉なのだから。

無為が、カードを捲る。

カードには確かに図案が書き込まれているが、それは彼には読み取る事ができなかった。

意味が存在しないカードは、何のカードでも無い。何のカードでも無いタロットを、ただ彼は裏返し続ける。

無意味。

無意味。

無意味なカード。

そしてもう幾百度めかのカードをまた捲った時。突然『愚者』のカードが現れた。番号の無い道化師。『THE　FOOL』。逆さまの逆位置。意味は『停滞』。あるいは『閉ざされた可能性』………

「――ようこそ、〝我々〟の世界へ」


背中から声がかけられた。

男は振り向いた。驚きは無かった。

男が着ている服も黒だったが、背後に現れた『彼』はさらに黒かった。黒い外套《がいとう》。何よりも黒い漆黒の外套。しかし完全な黒では無い、例えるなら『夜色の外套』。

遭った事は無いが、誰でも知っている。

特に今の、彼のような存在には。

彼は笑って『彼』を迎えた。

彼のような存在の源泉。真の闇の代理人。望み無き者達の王の一柱。最初の魔人にして神の影――〝名づけられし暗黒〟を――

<初出>
本書は2004年7月、電撃文庫より刊行された『Missing11　座敷童の物語・完結編』を加筆・修正したものです。

メディアワークス文庫

Missing11《ミッシング》
座敷童《ざしきわらし》の物語《ものがたり》〈下《げ》〉

甲田学人《こうだがくと》

2022年7月25日　初版発行
2024年12月10日　再版発行

発行者　山下直久
発行　株式会社KADOKAWA
〒102-8177　東京都千代田区富士見2-13-3
0570-002-301（ナビダイヤル）
装丁者　渡辺宏一（有限会社ニイナナニイゴオ）
印刷　株式会社KADOKAWA
製本　株式会社KADOKAWA

●お問い合わせ
https://www.kadokawa.co.jp/（「お問い合わせ」へお進みください）
※内容によっては、お答えできない場合があります。
※サポートは日本国内のみとさせていただきます。
※Japanese text only

※定価はカバーに表示してあります。

Printed in Japan
ISBN978-4-04-914501-4 C0193

メディアワークス文庫　https://mwbunko.com/

本書に対するご意見、ご感想をお寄せください。

あて先
〒102-8177　東京都千代田区富士見2-13-3
メディアワークス文庫編集部
「甲田学人先生」係

メディアワークス文庫

「君の『願望《のぞみ》』は——何だね？　そして、君の『絶望』は——」
満開の夜桜の下、思わず見とれるほど妖しく綺麗に佇んでいたのは
密かに憧れていた従姉だった。彼女はその晩、桜の木で首を吊る。
——彼女は、あの桜の中にいる。……彼女に会いたい。
そう信じ、願う男は、遂に人の願望を叶える
夜色《ヨルイロ》の外套《マント》を身に纏う昏闇の使者と遭遇する。
曰く、暗闇より現れ、人の望みを叶えるという生きた都市伝説。
夜より生まれ、この都市に棲むという、永劫の刻を生きる魔人。
そして、恐怖はココロの隙間へと入り込む——。

夜魔 —怪—

甲田学人

「この桜、見えるの？
……幽霊なのに」

鬼才・甲田学人が紡ぐ
渾身の怪奇短編連作集——。

発行●株式会社KADOKAWA

幽霊と探偵

山口幸三郎

TVドラマ化もした『探偵・日暮旅人』著者が贈る幽霊×探偵の謎解き事件簿。

元刑事の探偵・巻矢健太郎には、幽霊の相棒・月島人香がいる。人香は巻矢の元同僚で、失踪時の記憶を失くして巻矢の前に現れた。以来、悩みを抱える依頼人に取り憑き、事務所に連れてくるようになる。

部屋から忽然と姿を消した歩けないはずの父を捜す男性。神社に現れる少女の幽霊に会いたがる女子大生。人香が持ち込むやっかいな問題を片付けながら、巻矢は人香失踪の真相を探るのだが……!?

『探偵・日暮旅人』シリーズ著者が贈る、心優しき幽霊と苦労性の探偵の、心温まる謎解きミステリ！

メディアワークス文庫

MILGRAM 実験監獄と看守の少女

波摘　原案：DECO*27／山中拓也

現代の「罪と罰」が暴かれる圧倒的衝撃の問題作！　あなたの倫理観を試す物語。

ようこそ。ここは実験監獄。あなたの倫理観を試す物語
五人の「ヒトゴロシ」の囚人たち、その有罪／無罪を決める謎の監獄「ミルグラム」。彼らが犯した「罪」を探るのは、過去の記憶を一切失った看守の少女エス。

次第に明らかになる「ヒトゴロシ」たちの過去と、彼らに下される残酷なまでの「罰」。そして「ミルグラム」誕生にまつわる真相が暴かれた時、予測不能な驚愕の結末になだれ込む——。

すべてを知ったあなたは赦せるかな?

DECO*27×山中拓也による楽曲プロジェクト「ミルグラム」から生まれた衝撃作。

メディアワークス文庫

ミミズクと夜の王 完全版

紅玉いづき

伝説は美しい月夜に甦る。それは絶望の果てからはじまる崩壊と再生の物語。

伝説は、夜の森と共に——。完全版が紡ぐ新しい始まり。

魔物のはびこる夜の森に、一人の少女が訪れる。額には「332」の焼き印、両手両足には外されることのない鎖。自らをミミズクと名乗る少女は、美しき魔物の王にその身を差し出す。願いはたった、一つだけ。

「あたしのこと、食べてくれませんかぁ」

死にたがりやのミミズクと、人間嫌いの夜の王。全ての始まりは、美しい月夜だった。それは、絶望の果てからはじまる小さな少女の崩壊と再生の物語。

加筆修正の末、ある結末に辿り着いた外伝『鳥籠巫女と聖剣の騎士』を併録。

15年前、第13回電撃小説大賞《大賞》を受賞し、数多の少年少女と少女の心を持つ大人達の魂に触れた伝説の物語が、完全版で甦る。

メディアワークス文庫

第28回電撃小説大賞《メディアワークス文庫賞》受賞作

きみは雪をみることができない

入間六度

恋に落ちた先輩は、
冬眠する女性だった——。

ある夏の夜、文学部一年の埋　夏樹は、芸術学部に通う岩戸優紀と出会い恋に落ちる。いくつもの夜を共にする二人。だが彼女は「きみには幸せになってほしい。早くかわいい彼女ができるといいなぁ」と言い残し彼の前から姿を消す。

もう一度会いたくて何とかして優紀の実家を訪れるが、そこで彼女が「冬眠する病」に冒されていることを知り——。

現代版「眠り姫」が投げかける、人と違うことによる生き難さと、大切な人に会えない切なさ。冬を無くした彼女の秘密と恋の奇跡を描く感動作。

会うこともままならないこの世界で生まれた、恋の奇跡。

メディアワークス文庫